KB036758

1
인용
감성

1인용 감성

1판 1쇄 인쇄	2019년 2월 7일
1판 1쇄 발행	2019년 2월 21일
지은이	박재홍
발행인	정욱
편집인	황민호
출판사업본부장	박종규
편집장	박정훈
책임편집	강경양
마케팅본부장	김구회
마케팅	이상훈 김학관 김종국 반재완 이수정 임도환
국제판권	이주은
제작	심상운
발행처	대원씨아이㈜
주소	서울특별시 용산구 한강대로15길 9-12
전화	(02)2071-2094
팩스	(02)749-2105
등록	제3-563호
등록일자	1992년 5월 11일
ISBN	979-11-6412-192-2 03810

1인용 감성

박재홍 지음

'좋아요' 따위
신경 쓰고 싶지
않습니다만…

니들북

foreword

파블로 피카소와 장 미셸 바스키아.
거장이라 불리는 이 화가들의 공통점 중 하나는
'저렇게는 나도 그리겠다'는 생각이 들게 한다는 점이다.

하지만, 직접 그려보면 알게 된다.
절대 그렇게는 그릴 수 없다는 것을.

그의 글이 그렇다.
사소한 일상의 것들에 대해 풀어놓았는데
술술 읽히다가 무릎을 탁 치게 만든다.
이어서 '이렇게는 나도 쓰겠다'는 생각이 드는데
막상 그렇게는 절대 쓸 수 없다는 게 그의 글의 미덕이다.

카피라이터 정유미

왜 '1인용 감성'일까?

제목을 정하기에 앞서 검색창에 '1인용 감성'을 쳐봤습니다. 예상과 달리 뭔가 많이 나오더군요. 1인용 감성 소파, 1인용 감성 탁자 등이 있었습니다. 요즘 들어 저에겐 이 '1인용'이란 단어가 각별하게 느껴집니다. 오롯이 한 사람을 위해 태어났으며 그이를 위해서만 존재하겠다는 약속처럼 말이지요.

감성이란 말은 조금 이상합니다. 감성팔이, 북유럽 감성 등 일상적으로 쓰이지만 감성만큼이나 그 뜻이 모호한 단어가 또 없습니다. 어쩌면 감동팔이, 북유럽 감각이라고 일컬어야 할 것을 감성이란 말로 에두른 탓일지도 모릅니다. 개인적으로 '오늘 점심은 짜장면 감성' 등에 쓰이는 것이 감성의 적절한 용례라고 생각합니다. 이성으로 설명할 수 없는 '마음으로 느끼는 바'를 지칭하는 것이지요.

이처럼 '마음으로 느끼는 바'는 극히 주관적입니다. 그런데 어떤 감성은 많은 사람의 공감을 끌어냅니다. 말 그대로 대중용 감성입니다. 어렸을 때부터 반골 정신이 충만했던 저로서는 아무나 공감하기 힘든 감성을 글로 풀고 싶었습니다. 그럼에도 그 글에 당신이 공감한다면 그 글은 오롯이 당신을 위한 글이라 감히 말씀드리고 싶습니다. 오직 당신만을 위한 1인용 감성 말입니다.

끝으로 제 글을 갱도 밖으로 인도해준 편집자님, 책은 언제 나오냐며 관심을 두던 가족과 친구들 모두 고맙습니다. 공동 저자라고 해도 과함이 없는 정유미 카피라이터님께 이 책을 바칩니다.

작가 박재홍

contents

취향에 대한 감성

Part 1

취미에 대한 감성

Part 2

감정에　대한　감성

Part 3

타인에 대한 감성

Part 4

Part 1

취향에 대한 감성

실패가 두렵거나,

얻는 것보다 잃는 것이 신경 쓰이거나,

선택지가 너무 많거나 등

다양하고 복합적인 이유로

결정은 원래 힘들다.

015

"사라진 헤이즐넛 커피를 찾습니다."

본 사건의 경위는 군대 시절로 거슬러 올라간다. 취사병이었던 동기가 장교들이 마시는 원두커피를 한잔 내려줬다. '군대리카노'라 그런지 커피에서 달큼한 냄새가 났다. 손이 차분한 요리사가 약한 불에 꽃과 땅콩을 함께 볶는 듯한 고소하면서도 상큼한 향이었다. 그런데 마셔보니 웬걸, 일반 드립 커피처럼 묽은 쓴맛이었다. 와인을 처음 마셨을 때 든 배신감만큼 충격이 컸다.

제대하고 픽시 자전거가 유행하기 시작한 무렵 지인

이 홍대에 픽시 자전거 전문점을 차렸다. 힙스터라는 말이 수입되기도 전에 이미 힙스터였던 그의 가게 근처에는 커피 생두를 볶아서 파는 로스팅 전문점이 있었다. 설레는 마음으로 헤이즐넛 원두도 있냐고 로스터에게 물었다. 로스터는 '헤이즐넛 원두는 세상에 없으며 가짜 커피다, 본인이 진짜 커피를 가르쳐주겠다'라고 했다. 그냥 없다고 하면 될 것을. 가짜든 진짜든 나는 헤이즐넛 커피가 마시고 싶단 말이다.

헤이즐넛이 커피가 아니라고?

헤이즐넛은 커피가 아니라 견과류다. 흔히 개암이라고 하지만 정확히는 서양개암이다. 헤이즐넛 커피를 만드는 법은 단순하다. 로스팅한 원두에 헤이즐넛 향만 뿌리면 된다. 하지만 향을 입히면 원두를 갈 때 그라인더에 무리가 가기 때문에 보통은 헤이즐넛 시럽을 쓴다고 한다. 그래서인지 카페에서 헤이즐넛 시럽을 추가하면 들쩍지근한 것이 내가 찾는 맛이 아니었다.

헤이즐넛 커피는 원두가 상하는 것을 방지하기 위해 산화를 막는 액체를 입히는 데서 시작했다고 한다. 이 산화 방지제에 독성은 없지만 금속 냄새가 나는 탓에 인공 향을 추가한 것이 향 커피다. 어차피 향을 입힐 것이니 신선하고 비싼 원두는 쓰지 않는다고 한다. 따라서 비싼 커피를 마실 분은 헤이즐넛 커피는 피하면 되시겠다.

90년대 패션 커피

헤이즐넛 커피는 1990년대 초 압구정 문화를 대표하는 것 중 하나였다. 지금의 '힙'처럼 세련된 것에 '패션'이라는 말을 붙였던 당시에는 패션 커피로 불리기도 했다. 헤이즐넛 커피가 유행하면서 헤이즐넛 커피를 고급 커피로 둔갑시켜 일반 커피 가격의 곱절을 받는 곳도 있었다. 헤이즐넛 커피가 사라진 계기에는 가짜임에도 불구하고 비싸게 판 탓도 클 것 같다.

1997년에 스타벅스가 들어오면서 얼음 더미에 에스프레소를 끼얹고 냉수를 들이부어 마시는 아이스 아메리카노가 우리나라 커피 문화를 점령했다. 그런데 우리가 사랑해 마지않는 이 아메리카노가 이탈리아에서만큼은 가짜 커피라고 한다. 이탈리아인은 바에 서서 들이키는 한잔의 '카페'만이 진짜 커피라고 여기기 때문이다. 이런 식으로 하나씩 가짜를 지워가다 보면 우리는 발가벗고 물만 마셔야 할지도 모르겠다.

진짜로 진짜는 뭘까

극단적인 커피 순수주의자들은 향 커피를 경멸한다. 이처럼 어떤 이에게는 '좋은 게 좋은 거지'가 안 통한다. 자신에게도 남들에게도 엄격한 이런 사람이 없다면 세상은 발전이 없을 것이다. 나처럼 헤이즐넛 커피가 좋다고 마냥 홀짝이는 사람만 가득하다면 말이다. 자고로 장인은 진짜를 좇는 사람이 아닌가.

가짜와 거짓은 대부분 함께 온다. 게 맛 나는 명태살의 진실을 알게 됐을 때 얼마나 허탈했던지…. 하지만 우리를 속이려는 거짓을 걷어내면 가짜는 진짜만큼 순수하다. 게맛살에도 진짜 게살이 줄 수 없는 게맛살 나름의 맛이 있다. 진짜가 아니라는 이성의 절규에도 불구하고 가짜가 좋다면 진짜란 과연 무엇인가. 인공 지능과 인간의 사랑을 그린 영화 '그녀'에서 인공 지능 사만다는 말한다.

"최소한, 당신의 감정은 진짜예요."

행복은 의외로 가까이에 없다

얼마 전 국내 커피 전문 기업 J사에 대해 알게 됐다. 1988년에 문을 연 J사의 압구정동 1호점은 당대에서 가장 힙한, 아니 가장 패셔너블한 카페였다고 한다. 지금은 프랜차이즈 사업에서 철수했지만 J사의 헤이즐넛 커피를 편의점에서 살 수 있다는 신고를 접수했다. 행복은 가까이 있어도 보이지 않는다더니.

　1990년대 초를 풍미한 J사의 커피라면 진짜 '헤이즐넛 커피'를 맛볼 수 있지 않을까. 가슴이 뛰었다. 점심시간에 짬을 내서 편의점에 들렀다. 봉지를 뜯으니 헤이즐넛 향이 훅 올라왔다. (옳다구나!) 그런데 마셔보니 웬걸, 설탕물이었다. 역시 취향은 피곤하다.

왜
슈
퍼
히
어
로
영
화
에   열
      광
      할
      까

뭐니 뭐니 해도 시간을 죽이는 것만큼 큰 사치는 없다.
슈퍼 히어로 영화가 개봉할 때마다 그 기분 좋은 사치
를 누리러 영화관에 간다. 팀 버튼의 '배트맨'부터 시작
해 지금까지 나온 슈퍼 히어로 영화 중 보지 않은, 아니
한 번만 본 작품이 없을 정도로 슈퍼 히어로 영화를 좋
아한다.

　흔히들 남성이 슈퍼 히어로 영화에 열광한다고 생각
하지만 이제 슈퍼 히어로 영화는 남자만의 전유물이 아
니다. 900만을 돌파한 '아이언맨 3'의 국내 관객 성비는

여성이 더 높았다. 초반에는 남성이 주로 봤지만 점점 여성이 흥행을 주도했다고 한다. 별을 세는 단위만큼 돈을 써서 영화를 찍고, 홍보하고, 놀랍게도 그 몇 배를 벌어들이는 슈퍼 히어로 영화. 도대체 우리는 왜 슈퍼 히어로 영화에 이렇게나 열광할까.

만들어진 신

살기 좋은 세상에 영웅은 필요 없다. 1938년에 최초의 슈퍼 히어로인 슈퍼맨이 탄생하는데, 당시 미국은 경제 대공황을 겪고 있었다. 대중은 암울한 현실 속에서 그 현실을 초월하는 슈퍼맨의 능력에 열광했다. 슈퍼맨은 시대가 바라던 영웅의 모습이었던 것이다.

하지만 최근 부활한 슈퍼맨은 시차 적응에 실패했다. 영화는 슈퍼맨이 아닌, 그의 부재로 인한 세상의 고통에 집중했고 결국 종교 영화가 됐다. 신이 등장해서 모든 문제를 해결해주는 데우스 엑스 마키나는 고대 그리스에서나 먹히던 방법 아닌가.

초능력 없는 슈퍼 히어로

슈퍼맨이 슈퍼수저를 물고 태어났다면 (초능력이 없어) 평범한 금수저가 비극을 통해 슈퍼 히어로로 거듭나는 이야기도 있다. 바로 배트맨이다. 배트맨의 재력이 아무리 비범하다 해도 돈이 초능력은 아니다. 물론 돈으로 초능력을 살 수는 있겠지만.

슈퍼 히어로 영화는 비현실적인 판타지다. 하지만 슈퍼 히어로를 현실로 내동댕이치는 비극이 그들을 매력 있게 만든다. 배트맨은 스스로 살인 누명을 쓰고 도망자 신세가 된 것도 모자라 척추까지 부러진다. 토르는 망치를 잃고, 아이언맨의 슈트는 고장이 난다. 현실이라면 이야기는 가차 없이 끝날 것이다. 그러나 영화는 비극을 딛고 일어서는 영웅을 통해 관객에게 카타르시스를 준다.

만들어진 꿈

1995년 미국 정신 의학회는 우리말 화병Hwa-byung을 정식 병명으로 채택했다. 가슴속에 화가 응어리지는 이 병의 치료법은 다양하다. 술로 삭히거나, 뒤에서 욕하거나, 더 약한 사람한테 갑질하거나. 예컨대, 상사 욕을 안주로 폭탄주를 마시며 종업원한테 반말하는 방법이 있다. 아니면 조금 점잖게 상상을 통해 푸는 방법도 있다. 이 상상이 절실해지면 꿈이라고도 부른다. 그래서 많은 이들이 퇴사를 꿈꾼다.

일상이 가혹할 때 우리를 지탱하는 것이 바로 꿈이다.

현실에서 이루기 힘든 일을 꿈에 그리면 가슴속 응어리가 잠시나마 풀어지기도 한다. 슈퍼 히어로 영화는 만들어진 꿈이다. 관객은 일상에서 맛볼 수 없는 카타르시스를 얻기 위해 영화 속으로 탈출한다. 슈퍼 히어로가 진짜 구원하는 것은 세상이 아니라 우리의 일상이다.

영웅의 아침

이미 부서진 몸을 일으켜 온 힘을 다해 중력을 거스른다. 1분 1초가 아까운데 몸은 말을 듣지 않는다. 무너질 것 같은 몸과 마음의 고통 속에 오늘의 전투를 위한 슈트를 몸에 걸친다. 우리는 그렇게 매일 아침 출근한다. 슈퍼 히어로와 다른 점이 있다면 우리의 미래는 불투명하다는 것 정도?

고작 영화 한 편 보려고 쳐도 돈이 있어야 한다. 하지만 돈이 다가 아니라는 것을 배트맨에게서 배웠다. 비록 땅에 발붙이고 사는 우리이지만 꿈만큼은 비범할 수 있지 않을까. 당신의 '슈퍼'한 꿈을 응원한다.

025

에스프레소처럼 새까만 기네스를 홀짝이며 아일랜드 여행을 꿈꾼 적이 있다. 나는 맥주에서만큼은 어쩔 수 없는 배금주의자다. 5만 원권 지폐처럼 찬란한 금빛 맥주를 보면 나도 모르게 목울대로 경례한다.

"꼴깍."

일부 소주 애호가들은 맥주더러 술이 아니라 음료수라고 한다. 어디 가당키나 한 말인가.

시간이 금이라니. 나의 시간은 그렇게 값진 적이 없다. 나에게는 맥주야말로 액체로 된 진정한 금이다. 그래서인지 맥주는 시간과 함께 빛난다. 오늘을 잊기 위해 소주를 마신다면 오늘을 빛내기 위해 맥주를 마신다. 긴 하루 끝에 맥주 한잔 쭉 들이켤 수 있다면 오늘은 그런대로 괜찮은 날이다.

마시기 전에 잠깐

네 개 만 원 하는 캔맥주, 작은 잔 그리고 참을성을 준비한다. 먼저 테이블 위에 잔을 내려놓자. 그리고 잔으로부터 한 뼘 높이 위에서 과감하게 맥주를 쏟아붓는다. 이렇게 하면 잔이 새하얀 거품으로 가득 찬다. 불판 위의 삼겹살을 기다리듯 호흡을 가다듬다 보면 거품이 잔의 3분의 1 정도로 서서히 줄어든다. 이때 조심스럽게 맥주를 덧따르면 잔 위로 거품이 봉곳하게 솟아오른다.

작은 잔을 쓰는 이유는 이 거품 봉우리를 여러 번 즐기기 위해서다. 반쯤 마시고 거품이 사라질 즈음 위의 순서를 반복해서 다시 거품을 만든다. 끝으로 한 가지 덧붙이자면, 잔이 얇을수록 입술에 닿는 감촉이 가볍고 부드럽다.

이제 마셔도 될까요

맥주Beer의 어원은 '마신다'라는 의미의 라틴어 '비베

레'라는 설이 있다. 고대에는 끓이고 발효한 맥주가 물보다 안전한 마실 거리였다고 한다. 정수된 물이나 각종 음료가 흔해진 오늘날 맥주는 수많은 마실 거리 중 하나가 됐다. 그럼에도 맥주는 지금 이 순간까지 가장 강렬하게 '마신다'의 의미를 알려준다.

"탕!"

출발 신호가 울렸다. 이제 새하얀 운무를 헤치고 달릴 시간이다. 차가운 노란 불꽃이 입술, 혀, 목젖을 지지며 식도로 넘어간다. 허들을 뛰어넘는 육상 선수처럼 울대뼈가 아래위로 요동친다. 인상을 한껏 찡그리고 비명을 지를 수밖에 없다.

"카!"

마시면 취하기라도 하지

탄산 넣은 설탕물과는 비교를 불허한다. 맥주는 마시면 취하기라도 하지. 탄산음료와 달리 맥주는 헬륨을 가득 채운 풍선처럼 기분까지 한껏 달아오르게 한다. 두세 잔 마시면 배가 차는 것 또한 맥주의 미덕이다. 소주는 얼마나 마실 수 있는지 아직 그 끝을 확인해보지 못했다. 배가 차기도 전에 늘 내가 먼저 끝났기 때문이다.

맥주의 별명 중 하나가 바로 '액체 빵'이다. 중세 유럽의 수도사들은 금식 기간에 액체만 마실 수 있었는데, 곡물로 만든 맥주를 통해 영양을 공급받았다고 한다. 이 것이 세계 최고의 맥주로 꼽히는 벨기에 수도원 맥주의 기원이다. 안주도 없이 맥주만 마시며 신을 찾아 헤맸 을 수도사들을 생각하니 벨기에 맥주가 당긴다. 과연 그 들은 취기와 성령을 구분할 수 있었을까. 맥주를 마시면 꼭 트림이 나오는데, 이는 괜히 헛바람 들지 말라는 신 의 한 수가 아닐는지.

늙은 허수아비의 꿈

어릴 때는 고민이 어깨 위에 내려앉을 틈이 없었다.

떨어지는 낙엽만 봐도 달뜨는 철부지였기에 굳이 맥주 를 마실 필요도 없었다. 까마귀는 늙은 허수아비를 무서 워하지 않는다고 한다. 까마귀가 허수아비의 정체를 눈 치채서는 아니고, 허수아비 옷에서 나던 사람 냄새가 사 라지기 때문이란다. 진창에서 뒹굴고 비바람에 닳아버 린 내게서도 이제 사람 냄새가 나지 않는 걸까. 새까만 까마귀들이 내 어깨를 무겁게 짓누른다.

황금빛 평야 위로 가슴 뻥 뚫리게 새파란 하늘. 춥지 도 덥지도 않은 적당한 바람이다. 맥주에서는 잃어버린 계절의 냄새가 난다. 햇살에 곱게 마른 낙엽 냄새. 지평

선에 걸린 몽실한 뭉게구름이 입안으로 쏟아진다. 어릴
적 만화를 보며 상상했던 구름의 감촉이다. 구름을 헤치
고 샛노란 태양을 향해 끝없이 날아오른다.

쭈욱 쭉.

왜
짬
짜
면
을

시
킬
까

"저는 그… 짜장면집에 가면 짬뽕이랑 짜장이랑 같이
시켜서 둘 다 먹고 나오는데요. 왜냐면 짬뽕 시킨 날은
반쯤 먹다 보면 아 오늘 짜장이었구나… 뭐 그렇게 아쉬
워하고. 또 짜장면 시킨 날은 짜장면 반쯤 먹다 보면 아
오늘 짬뽕이었구나… 자꾸 아쉬워해요."
    – 김광석, '이야기 셋'

    역시 그릇이 다른 사람이다. 두 그릇을 시키다니. 짜
장면 한 그릇 겨우 비우고 역시 짬뽕 아니었을까 후회하

는 사람으로서 상상할 수 없는 일이다. 함께 먹는 짝이 있으면 짬뽕 국물 한 숟가락쯤 얻어먹을 텐데 요즘은 그것도 쉽지 않다. 생애 최대의 고민까지는 아니지만 생애 최다의 고민일 수 있다. 짜장이냐 짬뽕이냐. 그것이 문제로다.

나도 결정 장애일까

결정 장애는 심리학에 없는 말이다. 우유부단한 성격이 장애는 아니다. 실패가 두렵거나, 얻는 것보다 잃는 것이 신경 쓰이거나, 선택지가 너무 많거나 등 다양하고 복합적인 이유로 결정은 원래 힘들다.

옷걸이를 꽉 채운 옷을 보면 뭘 입을지 고민된다. 딱히 끌리는 옷이 없으면 옷이 없으니까 사야 할 것만 같다. 종일 인스타그램을 뒤적이고 백화점에서 유행을 파악한다. 잠들기 전에는 인터넷으로 가격을 비교한다. 아침부터 밤까지 고민의 연속이다. 역시 교복 입을 때가 편했나.

짜장이냐 짬뽕이냐

살면서 중요한 일이 얼마나 많은데 짜장과 짬뽕의 문제까지 고민해야 할까. 게다가 세상에 행복한 고민은 없다. 고민은 괴롭고 답답한 과정이므로. '짜장이냐 짬뽕이냐' 선택하는 것 또한 만만한 고민이 아니다.

최근에 짜장을 먹었는지 짬뽕을 먹었는지, 이 집이 짜장을 잘하는지 짬뽕을 잘하는지, 기름진 게 당기는지 시원한 국물이 당기는지, 어제 점심은 무엇을 먹었는지…. 겨우 짜장, 짬뽕에 뭘 이렇게까지? 살면서 다양한 고민을 마주하는 우리에게 고민거리를 고르는 일 또한 선택과 집중이 필요하다. 이때 짬짜면은 얽히고설킨 고민의 매듭을 단칼에 잘라버리는 시원한 해법이다.

짜장 그리고 짬뽕

혹자는 포기를 싫어하는 의지의 한국인이 짬짜면을 만들었다고 한다. 일리가 있다. 짜장면, 짬뽕 어느 것 하나도 버리지 않고 정식이 아닐지언정 조금씩 발이라도 담근다. 어쨌든 둘 다 취한 것이니.

사실 짬짜면은 짬뽕이든 짜장이든 어느 한쪽도 제대로 먹지 않은 것이라 할 수 있다. 무엇보다 짜장면 잘하는 집, 짬뽕 잘하는 집은 있어도 짬짜면 잘하는 집은 드물다. 하지만 핵심은 '제대로 된 짜장 또는 짬뽕을 먹고 싶다'가 아닌 '짜장과 짬뽕을 같이 먹고 싶다'에 있다. 그렇다고 한다면 '짜장이냐 짬뽕이냐'의 문제를 해결하기 위해 짬짜면으로 타협하는 일은 충분히 만족스러운 선택이 될 수 있지 않을까.

오늘 뭐 먹지

"짬뽕 먹다 짜장 생각하신 분? 자꾸 아쉬워해요. 아주 묘한 그… 짜장과 짬뽕의 갈등입니다. 그 아쉬워하는 게 싫어서 둘 다 시켜서 둘 다 맛을 보고 나오는데요. 현실에서는 둘 다 선택할 수가 없지요. 뭔가 하나 선택하면 분명히 하나는 놓아야 하더군요."

– 김광석, '이야기 셋'

그의 말처럼 현실에서는 둘 다 선택하기 쉽지 않다. '일과 삶의 균형'이라는 워라밸Work and Life Balance만 봐도 그렇다. 워라밸은 일에 밀렸던 삶이 반기를 든 것이다. 아무래도 개인은 삶Life 쪽으로 기울기 쉽다. 그러니 워라밸 찾다가 승진에서 밀릴 수도 있다. 회사 또한 문화를 바꾸려고 노력한다지만 '워크'와 '라이프'는 아직은 휘청거릴 수밖에 없는 균형이다. 짬짜면처럼 아름답게 반으로 갈린 균형은 현실에서 찾기 힘들다. 아무튼 오늘 점심은 짬짜면으로 해야겠다. 승진, 결혼, 미세 먼지 등 세상은 넓고 진짜 고민거리는 많으니까.

왜 집이 최고일까

"역시 집이 최고다."

어렸을 때 가족 여행을 다녀오면 엄마의 첫 마디는 늘 이랬다. 조기 교육 덕분에 나도 어엿한 집돌이가 됐다. 가끔 여행지에서 살고 싶다는 생각이 들 때도 있다. 하지만 집에 돌아오면 처음 생각나는 한마디는 어김없다. 아, 역시 집이 최고네.

한 조사 기관이 우리나라 성인 남녀 2,000명을 대상으로 조사한 결과, 10명 중 8명이 집에 가만히 있을 때 가장 마음이 편하다고 답했다고 한다. 2,000명에 한 사람을 더 추가하고 싶다. 주말이면 나갈 기운도 없다. 회사에서 억지로 뱉어야 했던 수많은 미사여구와 거짓 표정…. 관계도 일이다. 그리고 나가면 돈이다. 끝으로 미세 먼지까지. 역시 이불 밖은 정말 위험하다.

내향성과 외향성의 차이

집돌이, 집순이라면 내향성 인간일 공산이 크다. 물론 내향성이라고 무조건 실내를 선호한단 말은 아니다. 내향성 인간이란 외부가 아닌 자기 내면에서 보상을 찾는 부류다. 생물학적으로 내향성과 외향성은 도파민과 관련 있다고 한다. 내향성 인간은 과도한 도파민 자극 때문에 외부 자극을 줄이려 하고, 외향성 인간은 도파민 자극이 적기 때문에 외부에서 더 많은 자극을 찾는다고 한다.

외향성 인간과 내향성 인간의 예로 같은 회사에 다니는 친한 동료와 나를 비교하고 싶다. 그는 타인에게 도움을 주는 사람이 되고 싶어 본인의 직무를 택했고 타인의 인정에서 얻는 쾌감이 크다고 말했다. 반면, 나는 인생의 의미란 무언가를 만들어냄으로써 생긴다고 믿는다. 타인의 인정에 앞서 스스로 인정할 수 있는 무언가를 만들고 싶다. 물론 내 입에 들어오는 음식의 질이 중요한 만큼 타인의 인정도 중요하기는 하다. 대중의 인정과 나의 수입은 비례할 가능성이 크니까.

내향성과 내성적인 성격의 차이

내향성을 내성적인 성격과 혼동하기 쉽다. 둘은 바늘과 실 같은 관계이지만 엄연히 다르다. '내향성'은 성향이고 '내성적'은 성격이다. 즉, 내향성이면서 성격은 내성적이지 않은 사람도 있다. 시집을 출간하고 먹고살기 위해 보험을 파는 친구가 있는데, 그는 처음 보는 사람에게 '제 얼굴 익숙하지 않으세요? 류준열 닮았다는 얘기 많이 들어요' 같은 되지도 않은 농담을 던지곤 한다.

반면, 나는 내향성이면서 동시에 내성적인 사람이다. 사회생활하며 대인 관계 기술에 익숙해지긴 했지만, 여전히 통화보다 문자가 편하다. 한때 우리나라에서는 내성적인 성격을 고쳐야 할 단점으로 인식하기도 했다. 그래서 소위 '리더'로 성장시키기 위해 웅변 학원을 보내 성격을 개조하는 훈련이 유행하기도 했다. 하지만 내성적인 성격은 문제가 아니라 하나의 성격 유형에 불과하다는 인식의 개선이 조금씩 일어났고 근래에는 성격의 다양성을 조금 더 존중하기 시작한 듯하다.

실내주의자 선언

"쉬는 날 집에 안 있으면 집값이 아까워요."

일본의 한 아이돌이 집돌이를 선언하며 이렇게 말했다.

최근 우리나라에서도 실내주의자를 선언하는 사람이 많아진 까닭은 타인의 취향을 존중하자는 사회 분위기 덕분인지도 모르겠다. 아무튼 나도 이제는 당당하게 말할 수 있다. 역시 사람보다 집이 좋다.

닌텐도를 하거나 넷플릭스 드라마를 몰아 보며 인터넷으로 주문한 귤 같은 제철 간식을 까 먹는다. 거기에 배달 음식까지 시키면 천국이 따로 없다. 네스프레소만큼 맛있는 동네 카페도 찾기 힘들다. 친구를 만나러 가기보다 친구가 집으로 와줬으면 한다. 다행히 이런 나를 굽어살피는 친구들은 내게 말한다.

"세상 사람들이 다 사라져도 넌 혼자서 잘 살 것 같다."

동의한다. 그리고 환영이다.

아웃사이드 인

살랑살랑 봄바람에 꽃과 함께 미세 먼지가 흩날리는 계절이 돌아왔다. 40cm 이상은 자라지 않는다고 하는 제주산 소형 벚나무가 가정에 보급될 날을 꿈꿔본다. 하지만 실내가 실외보다 득세한다고 해서 타인의 존재가 아예 필요 없어진다는 뜻은 아니다. SNS, 온라인 게임, 대화할 수 있는 AI 등 기술은 외향성 욕구를 실내에서도 충족할 수 있게 발전하고 있다. 인간을 내향성과 외향성으로 처음 분류한 심리학자 칼 융에 따르면, 완전 내향성이나 완전 외향성은 극히 드물다. 즉, 내향성 인간에게도 외향성 욕구가 있다는 뜻이다.

영화 '인사이드 아웃'에서 주인공이 기쁨과 슬픔 모두 중요하다는 것을 깨닫고서야 비로소 성장하듯 본인의 내향성과 외향성에 대한 탐구는 성장의 한 과정이다. 인간은 외향성이 없으면 생존하기 어렵고 내향성이 없으면 발전하기 어렵다. 아무리 집돌이, 집순이이더라도 세상 사람들이 다 사라지면 꽤나 심심하지 않을까.

039

봄은 꽃보다 옷에 먼저 찾아온다. 겨우내 입던 칙칙한
겉옷은 추위에 대한 기억과 함께 옷장 저편으로 사라진
다. 이제 봄바람처럼 산뜻한 봄옷을 꺼낼 차례다. 어라.
그런데 그 많던 봄옷이 다 어디 갔을까.

교과서에서 뚜렷한 사계절은 우리나라의 자랑거리라
고 했지만 도저히 수긍할 수 없다. 봄, 여름, 가을, 겨울
별로 옷이 다 필요할 뿐만 아니라 간절기마다 적응하기
위해 몸이 얼마나 고생해야 하는가. 차라리 땅덩이가 좁
아 기름 값이 덜 든다고 하지. 아무튼 계절이 돌아오듯

고민은 돌아온다. 유행은 마치 윤회와 같아 작년의 실수
는 올해의 업보가 된다. 작년에 가장 유행한 옷은 올해
가장 유행에 뒤처지는 옷이 된다는 뜻이다.

신선 제일

계절이 하나면 옷 사는 '짓'을 그만둘까. 우리 뇌는 그
리 호락호락하지 않다. 재밌는 예능도 맛있는 음식도 언
젠가는 질린다. 우리는 멀쩡한 옷을 입고서 쇼윈도 앞에
서 멈칫거린다. 뇌가 끊임없이 새로운 자극을 갈망하기
때문이다. 물론 새로움에 대한 욕구는 사람마다 다르다.
하지만 통증에 둔감해지듯 쾌감에 둔감해지는 것이 뇌
의 생존 기제다. 새 신을 신고 폴짝거리고 싶은 기분이
1년 내내 지속된다면 상담을 받아보는 것도 나쁘지 않
으리라.

백화점 마네킹에 걸린 신상을 보면 몸에 걸친 옷이 넝
마처럼 보인다. 그런데 새것이 헌것보다 예뻐 보이는 이
유가 '새것 콤플렉스' 때문일지도 모른다고 한다. 이는
새것의 가치를 절대적으로 판단하기보다 헌것과 새것
간의 상대 평가를 통해 판단하는 심리다. 쉽게 말해, 새
옷 자체만 놓고 예쁜지 안 예쁜지를 따지기보다 이미 질
리고 싫증 난 헌 옷과 비교해서 신상이 더 예쁘다고 생

각한다는 말이다.

네가 좋으면 나도 좋다

작년 옷이 안 예쁜 이유는 비단 새것이냐 헌것이냐의 문제만은 아니다. 해마다 유행은 독감처럼 퍼진다. 오스카 와일드는 유행이란 참을 수 없을 정도로 추한 것이어서 6개월에 한 번씩 바꿔줘야 한다고 말했다. 왜 이불을 발로 걷어찰 것을 알면서도 유행에 몸을 맡기는 걸까.

취향에 대한 예절은 주관성을 존중하는 데 있다. 하지만 옷맵시에 있어 주관성보다 객관성을 따지는 사람들은 유행에 민감하다. 그들에게 옷은 겉으로 드러나는 것이기에 타인을 신경 쓰지 않으려야 않을 수 없다. 음식은 내 입에 넣으면 되고 영화도 혼자 보면 그만이지만, 옷만큼은 객관적으로 예뻐야 한다고 믿는다. 어찌 보면 유행은 타인에 기댄 취향이다.

하나를 사면 열을 산다

18세기 프랑스의 철학자 드니 디드로는 어느 날 고급 가운을 선물 받았다. 그런데 그 가운을 입고 서재에 앉으니 책상이 초라해 보여 책상을 새것으로 바꿨다. 그러자 책꽂이가 눈에 거슬리기 시작했다. 디드로는 결국 서재의 모든 가구를 새것으로 바꿨다. 감당 못할 정도의 돈을 쓰게 된 그는 자신이 옷의 노예가 됐다며 한탄했다. 이렇게 물건끼리의 어울림이 소비에 영향을 미치는 것을 '디드로 효과'라고 한다. 무인양품 옷을 사다 보니 무인양품 가구까지 사는 꼴이다. 옷과 옷의 어울림, 옷과 나의 어울림이 중요한 사람일수록 이러기 쉽다고 한다.

쓰는 물건과 걸친 옷이 곧 자신이라 믿는 사람들은 신발 끈 하나, 셔츠 단추 하나까지 고심한다. 그들은 옷장 속에 자신만의 우주를 구축해나가는 방향으로 물건을 사기에 신상이나 유행을 크게 괘념치 않는다. 벼룩시장에서도 자신만의 '새 옷'을 발견하고 기뻐한다. 새로움은 이처럼 상대적이다.

옷이 아니라 기분을 산다

본디 옷에는 추위나 더위를 막는 기능이 있었다. 하지만 옷의 기능에 대한 욕구는 꼬리뼈나 남자 젖꼭지처럼 점점 퇴화하고 있다. 왜냐면 옷이 썩어 넘쳐서다. 옷을 살 여력이 없는 이들에게 나눠주고도 남아서 태워버려야 할 만큼 말이다. 빈말이 아니라 스웨덴에는 H&M의 재고를 연료로 쓰는 화력 발전소가 있다고 한다. 우리는 옷이 없어서 '못' 나가는 것이 아니다. 예쁜 옷이 없어서 '안' 나가는 것이다.

　이제 패딩 같은 기능성 의류도 사람들의 감성을 자극하려 한다. 기능적 욕구와 달리 감성적 욕구는 거의 무한하기 때문이다. 패딩 한 벌로 충분히 겨울을 날 수 있지만 기분이라는 요인을 고려하면 단 한 벌의 패딩으로 가릴 수 있는 하늘이 아니다. 기분에 따라 코트 형태의 패딩이나 길이가 짧은 패딩을 입고 싶은 날이 따로 있고, 날씨가 조금 풀렸을 때는 둔한 패딩 대신 날렵한 코트가 입고 싶어진다. 사실 우리는 옷이 아니라 새로운 기분을 산다. 내 집 마련이 빈 꿈이 된 요즘 마음에 들어온 옷을 사는 것만큼 살맛 나는 일도 없다. 그렇게 올봄도 산다.

'어차피 다 광고'라는 생각에 맛집을 검색하지 않은 게 화근이었다. 맛집이라고 찾아간 곳에서 실망한 적이 한 두 번이었던가. 현지에서 분위기를 보고 들어갈 요량이 었다. 문제는 대중교통을 이용해 먼 길을 와서 그런지 몹시 배가 고팠다. 게다가 차이나타운에 다시는 안 올지 도 모른다는 생각에 한 끼의 가치는 차이나타운의 오르 막길을 따라 가파르게 올라갔다.

거의 모든 가게 앞에 익숙한 방송 프로그램의 로고들 이 덕지덕지 붙어 있었다. TV에 출연하지 않은 식당을 찾기가 힘들 지경이었다. '지금이라도 검색을 해볼까' 하는 생각이 들었다. 한 끼에 목을 맬수록 고르기가 어려워졌다. 고심 끝에 대기 줄이 긴 어느 중국 음식 전문점을 선택했다. 한참을 기다려 들어간 식당 차림표에서 백짜장이란 이름이 흥미를 끌었다. 시켜보니 된장에 비빈 듯한 누런색 짜장면이었다. 아마 내 인생 처음이자 마지막 백짜장이리라.

추천 의존증

역시 아무 데나 들어가는 것보다 맛집을 알고 찾아가는 것이 만족할 확률이 높기는 하다. 하지만 맛집에 입성했다고 끝이 아니다. 2차전이 있다. 바로 음식 고르기다. 기껏 찾아간 짬뽕 맛집에서 백짜장 같은 음식을 시켜 먹는 것만큼 가슴 아픈 일도 없다.

가끔은 맛이 없어서 실망하는 것보다 나만 먹지 못했다는 느낌이 더 실망스러울 때가 있다. 그렇기에 '죽기 전에 꼭 먹어야' 따위의 후기가 여기저기 굴러다니는 것 아닐까. 죽기 전에 할 일이 이렇게 많아서야 억울해서 어떻게 죽나 싶다.

기대 중독

맛집을 찾아가는 이유는 기대감 때문이기도 하다. 맛집뿐만 아니라 대부분의 행동이 기대감 때문에 일어난다. 난생처음 먹어보는 맛, 본토보다 맛있는 맛, 호텔 주방장 출신의 5성급 맛 등의 말에 마음이 움직인다. 때로는 맛보다 말이 더 자극적이다.

그런데 살다 보면 기대한 수준에 맞는 것보다 기대를 위반하는 것들이 더 인상 깊다. 무심코 TV 채널을 넘기다 본 영화에 감동하거나 고속버스 터미널 앞에서 먹은 콩국수에 감탄하는 등의 일이 가끔 있다. 이처럼 만족은 보상이 기대한 수준을 웃돌 때 발생한다. 따라서 지나친 기대는 독이다.

추천의 모순

후기에 덴 사람들은 조금 더 '공신력' 있어 보이는, 즉 그럴싸해 보이는 기준을 찾기도 한다. 리본이나 별을 좇는 성지 순례를 떠나는 것이다. 많은 사람들이 실패하기 싫은 마음으로 인해 추천에 의존한다.

물론 자신의 기쁨을 타인에게 공유하려는 마음에 늘 감사한다. 하지만 맛집에 대한 실망은 추천이라는 행위의 모순 때문에 발생하기도 한다. 추천의 모순은 주관을 객관화하는 데 있다. 남의 취향이라는 창과 나의 취향이라는 방패의 싸움이다. 물론 음식 취향도 객관화할 수 있다고 한다. 미식가들이 그렇게 해서 돈을 번다. 그렇지만 솔직히 객관화보다는 획일화 또는 계급화라는 단어가 더 어울리지 않나.

맛집이라는 갈증

가끔은 맛에 대한 내 취향을 바꿀 정도로 강렬한 추천을 만나기도 한다. 예컨대, '난 양고기를 싫어해' 같은 생각을 산산이 부숴버리는 추천 말이다. 이런 기적 같은 추천 때문에 맛집에 대한 기대를 버리기가 어렵다.

기대에 부응하는 만족이 흔하지 않음에도 맛집을 찾을 때가 많다. 마치 똑같은 거짓말에 다시 속는 호구처럼 말이다. 애써 찾아간 맛집에서 남이 골라준 음식으로 오늘의 소중한 한 끼를 해치운다. 배는 부르지만 어딘가 헛헛하다. 내가 좋아할지 그렇지 않을지 알 수 없는 것에 대한 갈증을 채워 얻는 건 무엇인가. 이제 나이가 들어서인지 인증 사진이 예쁘게 나오는 곳보다는 단골이 되고 싶은 곳을 만나고 싶다.

왜 소주는 일곱 잔일까

혼자 들이켜도 맛있는 맥주와 달리 소주는 함께 마셔야 맛이 난다. 그런데 사람이 너무 많아도 소주 맛은 별로다. 아무래도 소주 마시기에 알맞은 머릿수가 있나 보다. 함께 마시는 사람이 적당할 때 소주 맛은 각별해진다.

소주를 마셔야만 할 것 같은 상황도 있다. 일터에서부터 끌고 온 고민을 부려놓으며 소주를 주문하는 친구 앞에서 '나는 맥주'라는 말을 꺼내기 힘들어진다. 고민 앞에 맥주는 예의가 아니다. 고민이 비워지기라도 할 것처럼 소주잔을 비워본다. 오늘의 고민만큼 늘어난 빈 병은 내일 할 후회다.

조용한 숙취의 나라

한국인의 술이라 하면 막걸리 같은 전통주보다 소주가 먼저 떠오른다. 실제로 우리나라 술 소비량 1위는 소주다. 보통 소주 한 병을 잔에 따르면 대강 일곱 잔 반 정도가 나오는데, 이것을 소주 회사의 음모라고 하는 사람도 있다. 일곱 잔 반이라는 절묘한 양 때문에 둘이 먹든 셋이 먹든 자연스레 한 병 더 주문하게 된다는 것이다. 술병이 술을 부른다는 말이다. 달이 밝아서, 비가 와서, 반 잔이 남아서 등등 운치 있는 변명 하나쯤 없으면 주당이라고 할 수 없겠지.

사실 소주 한 병이 일곱 잔 반인 이유는 '홉' 때문이다. 우리나라에서는 1946년까지 국제 표준 단위 대신 홉, 되, 말을 썼는데, 1924년에 처음 나온 진로 소주는 두 홉들이였다고 한다. 국제 표준 단위를 쓰기 시작하면서 두 홉은 360ml로 바뀌었다. 소주 회사에서 잔머리를 쓴 것이 아니라 단순히 두 홉들이 한 병이었다는 것이 일곱 잔 반의 운치 없는 진실이다.

언제부터 취했을까

그런데 우리나라 사람들은 언제부터 소주에 취했을까. 소주의 소燒는 '불태우다'라는 뜻이다. 이름대로 소주는 불로 증류시켜 만든 술이다. 북한에서는 소주를 '아락주'라고 부르기도 하는데, 문화학자들은 아라비아어로 술이라는 의미의 아라크를 그 어원으로 본다. 아라비아에서 몽골로 전해진 증류주는 몽골의 일본 원정 때 한반도에 들어왔다는 설이 있다. 이때 몽골군의 주둔지가 개성, 안동, 제주도 등이었다고 하는데, 이들 모두 지금까지도 소주 명산지로 불리는 지역이다.

오늘날 소주는 서민의 취미다. 그런데 전통 소주는 귀족만 즐길 수 있었다는 점이 흥미롭다. 우선 쌀과 누룩을 섞고 발효시켜 밑술을 만든다. 이를 '소주 고리'라는 호리병 모양의 항아리로 증류해서 한 방울, 한 방울 모은 것이 전통 소주다. 이처럼 전통 소주는 곡식과 품이 많이 들어 일반 백성은 쉽게 접할 수 없는 사치품이었다고 한다.

050

반은 일본말

오죽했으면 고려 우왕은 '사람들이 검소할 줄 모르고 소주나 금은보화에 재산을 탕진하니 앞으로 금지한다'

라고 했을까. 이때 소주의 한자 표기는 '주酒'였고 조선 후기까지 소주燒酒로 표기했다고 한다. 그런데 녹색 병에 든 희석식 소주를 보면 '주酒'가 아니고 '주酎'라고 되어 있다. 대체 어찌 된 일일까.

1909년에 일본이 우리나라 주세법을 만들면서 소주燒酎라는 단어가 우리나라에 처음 등장했다고 한다. 일본 법에 따라 막걸리 등의 술은 '슈酒', 증류주인 소주는 '추酎'로 구분한 것이다.

이렇게 일제 강점기까지만 해도 우리 소주는 증류주였다. 그렇다면 희석식 소주는 대체 무슨 말일까. 고구마 등에서 화학적으로 추출한 주정에 물을 탄 것이 희석식 소주다. 주정은 다른 말로 에틸알코올이라고도 불린다. 혀끝에 불꽃이 이는 듯한 증류주와 달리 희석식 소주가 축축한 맛이 나는 이유는 말 그대로 물을 탔기 때문이다. 엎친 데 덮친 격으로 1965년에는 식량 부족 때문에 쌀로 술을 빚는 것이 금지됐다. 그래서 증류식 소주를 만들던 회사도 어쩔 수 없이 희석식 소주를 만들기 시작했다고 한다.

희석의 정취

증류식 소주가 쫓겨난 사이 희석식 소주는 우리나라

에서 가장 대중적인 술이 된다. 게다가 요즘은 순한 소주가 대세다. 덜 취하니까 더 마실 수 있다는 게 좋은 일인지는 잘 모르겠다. 하지만 확실한 것은 소주 회사에는 좋은 일이라는 점이다. 정부가 원가를 관리하는 주정이 적게 들기에 1도씩 낮출 때마다 원가가 절감된다고 한다. 게다가 현행법상 알코올 17도 미만이면 오전 7시부터 오후 10시 사이의 TV 광고 규제도 없어진다.

술은 마시기 전에 눈부터 취한다. 술집에 붙은 포스터를 보라. 배 나온 아저씨가 술로 한숨을 삭이는 광고는 찾아볼 수 없다. 소주 광고에는 환상만 있을 뿐 진짜는 없다. 수많은 문제의 해결책이자 동시에 더 많은 문제의 근원이기도 한 소주. 그런데도 소주는 현실에 지친 이들에게 마지막 안식처다. 고민이 짙은 밤에는 소주 한잔에 현실을 희석해본다.

한 달에 두어 번 부모님 집에서 주말을 보낸다. 그럴 때면 평소에 안 하던, 아니 못하던 일을 한다. 바로 하루 세끼를 챙겨 먹는 일이다. 지난 토요일 저녁은 조금 특별했다. 오랜만에 온 식구가 한자리에 모였다. 한 식구라고 부르기 머쓱할 정도의 가족 수이지만 다 같이 모여 밥 한 끼 먹는 게 그렇게 어렵다.

  엄마의 어린 시절에는 가족보다 '밥 먹는 입'이라는 뜻인 '식구'를 많이 썼다고 한다. 예전에는 밥 먹는 입을 세는 일이 중요했던 모양이다. 그런데 이제 밥 먹는 입을 걱정할 만큼 출산율이 높지 않다. 게다가 다들 많이 먹어서 안달이지 못 먹어서 안달 난 사람은 별로 없다. 그래서 식구라는 말이 예전만큼 쓰이지 않는 것일지도 모르겠다. 그런데도 엄마는 식구라는 말을 섬긴다.

책임과 의무

엄마가 없는 날에는 할머니나 아버지가 집밥을 챙겨 줬지만 그래도 집밥 하면 엄마가 떠오른다. 예전부터 식구의 끼니를 챙기려는 엄마의 책임감은 대단했다. 엄마는 맞벌이를 하면서도 퇴근길에 장을 보고 가족의 밥을 챙겼다.

엄마에게 밥을 챙겨야 한다는 책임감이 있다면 내게는 밥을 먹어야 한다는 의무감이 있다. 엄마는 나를 오랜 세월 동안 챙겨줘야 할 품 안의 자식이라 생각했는데, 그 아들이 독립하니 헛헛했나 보다. 주말 내내 엄마는 밥은 제대로 먹고 다니냐고 마주칠 때마다 물어왔다. 아들의 배를 채워주기로 마음을 단단히 먹은 모양이었다. 윤기 흐르는 갓 지은 밥으로 밥공기는 소복했고, 프라이팬은 평소보다 기름졌다. 거부할 수 없는 엄마의 걱정 덕분에 그 주말은 배부르고 행복했다. 주말 동안 분명 2kg은 불었을 것이다. 부모님 집에 입고 갔던 바지가

그것을 증명했다.

어차피 아는 맛

며칠 배부르고 행복했다 싶으면 여지없이 살이 찐다. 여름이 다가오는데 작년에 입던 티셔츠와 바지가 맞지 않았다. 울며 겨자 먹기로 다이어트를 시작했다. 3kg 정도 몸무게를 줄이며 다시 한 번 깨달았다. 먹는 것이 행복이라면 빼는 것은 형벌이다.

다이어트 중이더라도 부모님 집에 가면 점심이 채 소화되기도 전에 저녁을 밀어 넣는다. 종일 누워 있다 평소보다 두 배는 먹어 속이 부대끼지만 그렇게 먹을 수밖에 없다. 다이어트계의 격언이라고나 할까. '어차피 아는 맛'이라는 말이 있다. 30년 넘게 먹어 온 집밥은 어차피 잘 아는 맛이다. 하지만 다른 게 하나 있다. 집밥은 '평생 먹어도 질리지 않을 아는 맛'이라는 것이다.

집밥의 맛

집밥은 세상에서 유일한 맛이자 아마도 태어나 가장 처음 먹은 맛일 것이다. 그리고 언젠가는 사라질 맛이다. 그렇기에 한 톨도 남기지 않고 싹싹 긁어 먹고 싶다. 집밥은 누군가를 떠올리게 한다. 어떤 이는 부모님을 떠올릴 것이다. 조부모님일 수도 있고, 형제자매일지도 모르겠다.

사랑이라는 것이 실존한다면, 그리고 구체화할 수 있다면 집밥의 모습을 띠지 않을까 생각해본다. 집밥은 몸을 덥히고 마음을 채운다. 잘하든 어설프든 간에 음식의 맛도 그 사람의 일부다. 체취, 목소리, 얼굴처럼 말이다. 주인의 스웨터 위에 웅크리는 강아지처럼 아늑한 밥 앞에 숟가락을 들어본다.

엄마의 된장찌개

집마다 간이 짤 수도 있고 싱거울 수도 있다. 물론 맛이 없을 수도 있다. 수많은 사람의 입을 만족시켜야 하는 사 먹는 밥보다 집밥이 맛있기는 힘들 수도 있겠다. 하지만 수많은 사람을 위한 것이 아닌 나만을 위한 것을 우리는 특별하다고 부른다. 집밥은 더없이 특별하다. 내게 가장 충실하고 어떤 보상도 바라지 않을 정도로.

엄마가 끓여준 된장찌개가 사무치게 그리운 그런 날이 있다. 된장찌개와 더불어 내가 가장 좋아하는 반찬은 감자볶음이다. 팬에 기름을 넉넉히 두르고 길쭉하게 채를 썬 감자와 햄을 함께 볶으면 되는 간단한 반찬이다. 햄이 짭조름하기에 소금 간도 필요 없다. 그런데 내가 하면 그 맛이 나지 않는다. 퇴근길에 유난히 허기가 지는 날이면 쌀밥에 엄마가 끓인 된장찌개를 자작하게 퍼 넣고 감자볶음을 비벼 먹고 싶다. 모쪼록 오래, 오래도록 먹고 싶다.

'심플한 게 좋다'는 사람이 많다. 그런데 그 말을 지키며 살기는 심플하지 않다. 알고 보면 '간결함'만큼이나 복잡한 노력과 두둑한 지갑이 필요한 가치도 없다. 예컨대, 간결한데 예쁘고 가격도 착한 그릇을 찾기 위해 얼마나 큰 노력을 기울여야 하는가. 그냥 민무늬였다면 충분했을 텐데 군이 알 수 없는 꽃을 그려 넣고야 만다. 장식을 빼고 가격표에 '0'만 하나 덜 붙이면 더 잘 팔릴 것 같은데 말이다.

작년 여름 집을 보러 다닐 때의 이야기다. 수중에 있

는 돈과 살고 싶은 집 사이에서 괴로워하던 차였다. 그러던 중 완공한 지 한 달도 안 된 건물이라는 공인 중개사의 말에 한껏 기대하며 한 집을 방문했다. 그런데 그 '새집'이란 곳의 벽에는 꽃무늬 벽지가 발라져 있었고 부엌과 거실 사이의 유리문에는 대나무가 조각되어 있었다. 문득 궁금해졌다. 대체 왜 장식을 더하는 걸까.

간결함은 어렵다

나도 무언가 만드는 일을 하는 사람으로서 제작자의 고충은 이해가 간다. 간결함은 복잡함보다 어렵다. '밋밋해 보일지 모른다, 달라 보이지 않을 것이다'라는 불안감 때문에 장식을 더하게 된다. 표현하고자 하는 게 제대로 전달되지 않을까 하는 마음에 자꾸 사족을 붙이게 된다. 을의 처지에서 일한 티를 내는 것도 중요하다. 물론 사공이 많아서 배가 산으로 갈 때도 있겠지.

일뿐만 아니라 일상에서도 마찬가지다. 우리 주변에는 필요한 물건보다 쓸데없는 물건이 많기 마련이다. 그런데 막상 버리려 하면 그것을 사기 위해 들인 돈과 품이 아까워진다. 나아가 언젠가 쓸 일이 생길지 모른다는 불안감에 사로잡힌다. 자취해본 사람은 알겠지만 시작은 깔끔해도 끝은 너저분하기 쉽다. '퇴근하면 설거지해야지, 주말에 청소해야지' 따위의 결심은 빨래처럼 묵어만 간다. 눈길 닿지 않는 곳에 먼지가 쌓이듯 방 구석에 물건이 켜켜이 쌓이다 보면 어느새 발 디딜 틈도 없어진다.

간결하면 쉽다

반면, 간결함이 가장 쉽다고 생각하는 사람도 있다. 애플 CEO였던 잡스는 일상에서부터 단순함을 실천한 것으로 유명하다. 검은 터틀넥과 청바지로만 옷장을 가득 채우고 안경과 운동화도 늘 한 브랜드만 고집했던 사람이니 말해 무엇하랴. 하지만 우리가 섣불리 따라 했다가는 옷이 한 벌뿐인 사람으로 오해받기 십상이다. 잡스 정도 되는 사람이 하니까 멋있어 보이는 것이다.

스티브 잡스는 단순할수록 더 쉬워진다고 믿었다. 아침에 뭘 입고 나갈지 고민하는 일만 없어져도 삶이 조금은 더 쉬워질 것 같긴 하다. 그는 옷뿐만 아니라 쓰는 물건과 생활 방식까지 단순화했다. 그가 지향한 것은 단순히 쓸데없는 장식의 최소화가 아니었다. 물건을 고르고 관리할 때 생기는 쓸데없는 고민까지 없앴다. 최근 우리나라에서도 최소한의 물건으로 간결함을 지향하는 생활 방식이 '미니멀 라이프'라는 이름 아래 한차례 유행을 타기도 했다.

간결함의 허상

SNS에서 미니멀 라이프가 유행하는 일은 모순이라는 생각이 든다. 미니멀 라이프를 지향한다면 가장 먼저 버려야 할 것이 SNS 아닐까. 미니멀 라이프와 관련한 책도 우수수 쏟아져나왔다. 이런 책의 특징은 버리지 못하는 것을 미련함으로 치부한다는 점이다. SNS는 이 같은 생각을 집단 압박Peer Pressure처럼 부채질하고 있는 것 같다.

지인이 SNS에서 일본산 그릇을 판매하는데 꽤 인기가 있다. 마치 무인양품 카탈로그 같은 사진에 감탄해 지인에게 집이 멋지다고 말했다. 그러자 지인은 사진 프레임 안을 제외한 나머지 공간은 택배 상자와 널브러진 옷가지로 혼돈 그 자체라고 했다. 가끔 보면 SNS 속 사진을 대하는 우리의 자세는 천체 망원경을 발명하기 이전의 인류와 닮은 것 같다. 달 속의 그림자를 보고 토끼가 산다고 생각했다는 점에서 말이다. 우리는 SNS 사진 너머의 진실을 보지 못한다.

간결함의 독재

사람마다 '최소한'의 개념은 다르지만 이 사실을 잊기

쉽다. 함께 여행을 떠나는 두 친구가 각자 최소한으로 짐을 쌌다고 하더라도 다른 크기의 여행 가방이 필요하다. 간결함이란 생각보다 상대적인 개념이다. 어떤 이에게 간결한 것이 다른 이에게는 복잡함으로 느껴질 수 있다. 그 반대도 마찬가지다.

장식 하나 없는 무채색 옷만 입고 약을 통해 감정까지 버린 진성 미니멀리스트의 사회를 그린 '이퀼리브리엄'이라는 SF 영화가 있다. 누군가에게는 만족하며 살 수 있는 최적의 환경이겠지만 또 다른 누군가에게는 끔찍한 독재 사회가 될 수 있다. 이런 점에서 미니멀리즘은 표현의 다양성을 구성하는 하나의 방법일 뿐이라는 생각이 든다. 미니멀리즘이 사물의 본질을 추구한다고 주장하지만 어떤 이는 장식 따위 있든 말든 신경조차 쓰지 않는다. 어쩌면 이런 사람이야말로 사물의 진짜 본질을 꿰뚫어 보고 있는지도 모른다.

왜 휴가는 짧을까

모래 위에 찍힌 수만 개의 발자국. 바다는 비웃기라도 하듯 인간의 흔적을 지운다. 구름에 걸터앉은 무지개가 노을에 조금씩 녹아 없어진다. 그렇게 일주일이 흔적도 없이 사라졌다.

여기 살고 싶다는 말이 입 밖으로 새나왔다. 휴가 때마다 나오는 나쁜 버릇이다. 단순히 일을 하지 않아서 그런 것일지도 모르겠다. 음식을 주문할 때 열량을 따지지 않듯 휴가에서는 요일을 따지지 않게 된다. 요일 관념 또한 일상의 굴레가 아닐까. 아침 일찍 마트 앞을 청소하는 점원들, 버스에 몸을 싣는 직장인이 가련해 보였다. 앞으로의 내 신세를 생각 못하고 말이다.

덤이 아니라 빚

비행기에서 내리면 다른 시계가 주어지는 것 같다. 시간이 아니라 속도가 다른 시계 말이다. 시차 적응이라는 말을 꺼내기도 전에 5박 6일이 흘렀다. 식당을 예약하기 위해 달력을 확인하지 않았다면 돌아가는 비행기를 놓칠 뻔했다. 태평양 한가운데에 위치한 이곳은 우리나라에서 비행기로 9시간 정도 거리다. 그런데 시간은 19시간이 느리다고 한다. 분명 목요일 오후에 인천을 떠났는데 이곳에 도착하니 목요일 오전이었다. 하루를 덤으로 받은 기분이었다. 마지막 하루를 남기고서야 알았지만 추가된 하루는 덤이 아니라 빚이었다.

할 일이 산더미

화요일, 그러니까 모레 오전 10시 비행기였다. 수요일 한국 도착이라는 생각에 출발하는 요일이 한국보다 하루 빠르다는 사실을 잊고 있었다. 마지막 날을 앞두고 기억도 나지 않는 악몽에 밤을 설쳤다. 식은땀으로 온몸이 젖은 채 잠에서 깨어났다.

낙원에서의 마지막 날 일정에 없던 서핑에 도전하기로 했다. 살려는 의지를 조금 버렸다면 좋았을 텐데. 서프보드에서 떨어지는 와중에 보드를 붙잡으려다 명치를 세게 부딪혔다. 그것도 두 번씩이나. 갈비뼈에 실금이 갔는지 숨 쉴 때마다 가슴팍이 욱신거렸다. 하지만 해야 할 놀이가 산더미였다.

눈뜨니 갈 시간

서핑을 마치고 옥상에 있는 바비큐 그릴에 소고기를 구웠다. 무너지듯 침대에 쓰러져 낮잠을 자다가 해 질 무렵 일어나 현지 식당을 찾았다. 바닷가재를 통째로 튀기는 요리가 유명한 곳이었다. 잠들기 전 옥상에 있는 수영장에서 별빛을 받으며 수영을 했다. 눈뜨니 한국으로 돌아갈 시간이었다.

기도가 통한 것일까. 비행기가 연착됐다. 안타까운 것은 낙원이 아니라 공항이었다는 점이다. 기약 없는 기다림에 아침까지의 감정은 온데간데없이 사라졌다. 그렇게 아까워하던 시간을 죽이기 위해 휴대폰을 켰다.

휴가는 끝이 있다

어떤 이는 휴가 계획을 짤 때 재무 설계사가 투자 계

획을 짜듯 철저하게 시간을 배분한다. 또 어떤 이는 아무것도 하지 않고 잠만 자는 사치를 부리기도 한다. 휴가에서 시간은 한정된 자산이다. 여기에는 끝이 있을지언정 당하는 순간에는 끔찍한 시간도 어쩔 수 없이 포함된다. 예컨대, 이코노미석을 타고 대양을 건너는 일이 그렇다. 9시간의 비행은 고행이었다. 뒤에서 좌석을 발로 차던 꼬마 녀석의 마음이 이해는 갔지만 말이다.

연말이 되면 흘러간 시간을 안타까워하면서도 매일매일 시간을 죽이지 못해 안달 난 듯 산다. 시간을 죽이기 위해 한없이 가벼운 영화를 보거나, 게임을 하거나, SNS를 뒤적거린다. 시간에 끝이 있다는 것을 알지 못하기 때문일까. 휴가를 떠나고 나서야 내게 주어진 시간이 이 휴가처럼 끝이 있다는 것을 깨닫는다.

한 번의 승부로 결판 짓기 억울할 때 '삼세판'을 외친다. 라면 끓일 사람을 정하는 가위바위보를 할 때가 그렇다. 3판 2선승의 치열한 승부를 마치고 나서야 비로소 패배를 받아들인다. 가위바위보뿐만 아니라 무엇이든 세 번은 해야 아쉬움이 남지 않는다. 대체 왜 3일까.

자신의 이론만으로 세상을 재단하는 사이비 심리학자처럼 3이라는 틀로 세상을 바라보면 3밖에 안 보인다. 예컨대, 단군은 환인, 환웅과 함께 삼신 중 하나다. 그의 아버지 환웅은 태백산으로 내려올 때 하늘의 보물 세 개와 신하 3,000명을 데려왔다고 한다. 그뿐 아니라 그리스 신화의 주신 제우스, 하데스, 포세이돈은 삼 형제이고 성부, 성자, 성령의 삼위일체는 그리스도교의 기본 교리다. 3을 중요시하는 것은 고대로부터 이어져 내려온 집단 무의식의 흔적일지도 모르겠다.

3이라는 완전함

우리 선조는 3이라는 숫자를 특별하게 대접했다. 숫자 1을 양, 2를 음, 3을 음과 양이 조화를 이룬 완전한 수로 여겼다고 한다. 속담만 봐도 3에 대한 선조들의 생각을 엿볼 수 있다. 세 살 버릇 여든까지 간다, 세 사람이면 없던 호랑이도 만든다 등의 속담에서 3은 어떤 조건이 이뤄지기에 완전한 시간 또는 숫자를 의미한다.

음과 양이 조화를 이뤘기에 완전한 숫자라는 해석이 형이상학적이라면, 세 발 솥은 3의 특별함에 대한 형이하학적 증거다. 다리가 둘인 솥은 제대로 설 수 없지만 다리가 세 개인 솥은 안정적으로 설 수 있다는 점에서 그렇다. 자연에는 다리가 세 개인 동물이 없기에 고대 사람들은 세 발 솥을 상서롭게 여겨 주로 제사에 썼다고 한다. 이런 풍습은 다리가 세 개인 까마귀 '삼족오' 등의 상상으로까지 이어졌다.

3이라는 균형감

제목부터 3이 들어가는 《삼국지연의》에서 제갈량은 자신을 세 번이나 찾아온 유비에게 천하삼분지계를 제안한다. 이때 예를 든 것이 세 발 솥이다. 천하삼분지계는 위, 촉, 오 세 나라가 천하를 나눠 갖자는 내용이다. 이리하면 서로 견제하며 세 발 솥처럼 균형을 이루어 난세를 끝낸다는 계책이었다.

로마 시대의 삼두 정치는 세 명의 권력자가 서로 균형을 이루며 로마를 통치하는 것이었다. 하지만 크라수스가 전쟁에서 죽은 뒤 그 균형이 무너진다. 결국 카이사르가 폼페이우스와의 세력 다툼 끝에 승리해 독재 정권을 수립한다. 1:1이라면 강한 자가 이기기 마련이다. 하지만 1:1:1이 되면 약한 편끼리 힘을 합쳐 강한 자를 견제할 수 있다. 문화에 따라 차이가 있겠지만 3은 상서로운 숫자인 동시에 균형을 이룰 수 있는 가장 원초적인 숫자다.

3이라는 안정감

직업상 갑에게 보여주기 위한 제안서를 작성할 때가 많다. 연차가 쌓일수록 프레젠테이션 페이지를 만드는 요령이 늘어간다. 내용보다 형식이 중요할 때가 많아서 그렇다. 페이지를 구성하는 요령은 간단하다. 최대한 간결하게. 페이지당 한 가지 주제만 전달하도록 페이지를 나눈다. 복잡한 단계는 최대 3단계가 넘지 않도록 요약한다.

이는 복잡하고 커다란 문제를 잘게 쪼개 단면만 하나씩 보여주는 방법이다. 이렇게 하면 문제가 단순하다고 착각하기 쉽다. 페이지 수는 금세 100장을 넘어간다. 제안 전날 새벽에 100장이 넘는 제안서를 완성하면 뿌듯한 마음이 든다. 사실 A4 용지 반이면 충분한 내용인데 말이다.

단순함과 복잡함 사이

제안에 자신이 있다면 한 가지만 날카롭게 제안하겠으나 보통은 대안까지 고려해 두세 가지를 제안한다. 사람이 하는 일에는 정답이 없어 그런 것일지도 모르겠다. 여기에 한 가지만 제안하면 성의 없어 보일 것이라는 마음도 한몫한다. 제안을 받는 사람 또한 한 가지만 보고 결정하기에는 왠지 불안할 것이다.

세 가지를 제안할 때는 보통 이런 식이다. 새로운 방향, 안전한 방향 그리고 엉뚱한 방향. 새로운 방향은 적어도 우리나라에서는 시도된 적이 없기에 신선해 보일 수 있다. 하지만 보수적인 집단은 자신에게 맞는 옷이 아니라고 여길 수 있다. 안전한 방향은 쉽게 말해 하던 대로 하는 것이다. 마지막으로 엉뚱한 방향은 '이 정도까지 생각해봤다'라는 보여주기 차원에서 준비한다. 아무튼 세 가지는 제안해야 서로 아쉬움이 없다. 단순함의 끝이자 복잡함의 시작 사이에 있는 3은 그야말로 적당하다.

물건은 마음에 들어도 가격이 마음에 들지 않을 때 우리는 세일을 기다린다. 그런데 한정판이라고 하면 상황은 달라진다. 현재의 재정 상황과 상관없이 무조건 입수해야만 한다는 생각에 마음이 급해진다. 아무나 가질 수 없는 특별한 물건을 갖게 되면 특별한 사람이 된 듯한 기분을 느끼기 때문일까.

한정판을 사기 위해 몇 시간씩 줄을 서고 심지어 노숙도 한다는 이야기에는 다들 익숙해졌으리라. 이제는 조금만 노력하면 누구나 특별함을 누릴 수 있게 됐다. 사치가 대중화된 사회 덕분이다.

아무나 가질 수 없는 것

'아무나 가질 수 없는 것'의 효시는 다이아몬드다. 그런데 아무나 가질 수 없는 것치고 왜 두 집 건너 한 집마다 다이아몬드 반지가 있을까. 다이아몬드는 생각만큼 희귀한 광물이 아니다. 19세기 중반 남아프리카에서 대규모 다이아몬드 광산이 발견됐다. 이 광산을 소유한 드비어스는 100년이 넘도록 전 세계 다이아몬드 시장을 독점했다. 즉, 카르티에에서 사든 종로에서 사든 드비어스의 다이아몬드를 사는 꼴이었다.

드비어스는 마케팅으로 수요를 높이고 독점으로 공급을 낮췄다. 1920년대 대공황으로 인해 다이아몬드 값이 폭락할 즈음 드비어스는 광고로 새로운 시장을 개척하기 시작했다. '다이아몬드는 영원히'라는 말을 통해 다이아몬드를 영원이라는 가치와 연결시켰다. 덕분에 '프러포즈=다이아몬드 반지'라는 공식이 생겨났다. 이 마케팅의 성공으로 다이아몬드 소비가 급증했고 덩달아 가격도 급등했다. 수요와 공급의 법칙이다.

벽돌과 볼펜

수요와 공급의 법칙에 따르면, 수요보다 공급이 적을 때 가치가 오른다. 2016년 슈프림이라는 의류 브랜드에서 자기네 로고를 새긴 벽돌을 출시했다. 물론 한정판이었다. 1,000원도 안 하는 벽돌 한 장을 3만 원씩 받고 팔았지만 순식간에 동이 났다. 중고 거래 사이트에서는 100만 원까지 값이 올랐다고 한다.

대한민국 사람이라면 한 번쯤 써봤을 모나미도 한정판 볼펜을 출시해 소위 대박이 난 적이 있다. 한정판이라는 딱지가 붙지 않았다면 과연 3만 원짜리 벽돌과 2만 원짜리 모나미 볼펜에 대한 수요가 있었을까. 이런 현상에 대한 답은 쉽다. 알다시피 브랜드 때문이다.

브랜드의 힘

브랜드의 위력과 관련해 코카콜라와 펩시의 콜라 블라인드 테스트가 유명하다. 브랜드를 모르고 콜라를 마셨을 때는 펩시가 맛있다는 사람이 많았지만, 브랜드를 알고 난 다음 콜라를 마셨을 때는 대부분이 코카콜라를 선택했다고 한다. 더 흥미로운 사실은 코카콜라를 마실 때의 뇌 혈류를 측정해보니 펩시 콜라를 마실 때와 비교해서 쾌감과 관련된 뇌 영역이 활성화됐다고 한다. 브랜드에 대한 인지도와 친숙함의 이면에 뇌의 쾌감 영역이 강하게 연결되어 있었던 것이다. 다시 말해, 브랜드는 구매 행위 자체를 쾌락으로 만들 수도 있다. 그리고 한 정판은 그 쾌감을 극대화한다. 벽돌과 볼펜에 로고 하나 붙임으로써 본래의 가치를 훌쩍 넘어서는 기쁨을 선사한다. 거기에 아무나 가질 수 없는 것을 소유했다는 특별함까지. 말 그대로 '사는' 것이 즐거워진다.

세상 모든 한정판

사는 것이 즐거운 나 같은 사람에게 쇼핑몰은 일종의 놀이터다. 그런데 한정판이 아니라 하더라도 온라인 쇼핑몰에서 옷을 사려고 보면 품절된 상품이 더 좋아 보일 때가 있다. 마음에 드는 신발은 꼭 사이즈가 없다. 간혹 살지 말지 망설여질 때는 품절 임박이라는 문구가 우리의 등을 떠민다. 가질 수 없다는 괴로움이 돈 몇 푼보다 소중해서 그렇다.

그런데 생각해보면 지구상의 모든 것이 한정적이다. 다만 '한정판'은 매우 적극적으로 그 한정성을 알려줄 뿐이다. 어찌 보면 한정판도 일종의 프레임이 아닐까. '이것은 한정되어 있다'라는 속삭임에 취해 모든 것이 한정되어 있다는 사실을 잊어버리고는 한다.

저녁형 인간에게는 있고 아침형 인간에게 없는 것을 하나 꼽으라면 '우월감'이 아닐까 한다. 지금은 한물갔지만 2003년 무렵 아침형 인간이라는 말이 우리나라를 휩쓸었다. 한 일본인 의사의 자기 계발서가 출간되면서부터였다. 하지만 아침형 인간이 '인생을 두 배로 산다'라는 식의 셈법은 도무지 이해할 수 없다. 아침에 일찍 일어나서 할 수 있는 일이 물론 많겠으나 이들 대부분은 잠들기 전에도 할 수 있는 일이다.

아침형 인간에 대한 자기 계발서 등에서는 저녁형 인

간이 잠을 더 많이 잔다는 가정하에 아침형 생활 방식을 찬양한다. 이는 아침형 인간과 저녁형 인간을 비교하는 것이 아니라 아침형 인간과 게으른 인간을 비교하는 꼴이다. 전형적인 비교 오류다. 아침형이든 저녁형이든 매일 일정 시간을 자기 계발에 투자하면 될 일 아닌가.

성공에 비밀이 있을까

성실해야 성공한다는 말을 모르는 사람은 없을 것 같다. 그런데도 수없이 많은 성공의 비결이 책으로 쏟아져 나온다. '성실, 부지런함' 같은 뻔한 말보다는 조금 더 특별한 방식에 성공의 비밀이 있다고 믿고 싶어서일지도 모르겠다.

이미 성공한 사람이 자기 계발서를 읽는 경우는 드물 것이다. 보통은 자신의 삶에 만족하지 못한 사람들이 자기 계발서를 찾는다. 아침형 생활 등의 비결을 따르면서 성취감을 얻고, 경쟁에서 도태되고 있지 않다는 안도감 또한 얻어보려는 시도다. 삶의 희망을 구해보려는 차원에서의 자기 계발서 읽기는 썩 나쁘지 않은 수단일 수 있겠다.

성공에 비밀은 없다

아침형 인간이 자신의 삶을 바꿀 열쇠라고 믿는다면 도전하는 것까지 말릴 수 없다. 하지만 서울대학교 수면 클리닉에서 실시한 연구 결과에 따르면, 진짜 아침형 인간은 100명 중 5명도 되지 않는다고 한다.

해가 뜨기도 전에 인력 사무소에 나가 일자리를 찾는 일용직 노동자도 있다. 아침형이 아니라 새벽형 인간으로 사는 사람들이다. 그들에게 아침형 인간은 성공의 비결이 아닌 생존의 수단이다. 그들을 비하하는 게 아니라 아침형 인간이 성공을 위한 절대적인 비결은 아니라는 말을 하고 싶은 것이다.

자기 계발서의 비밀

개인 병원을 하는 의사 같은 자영업자나 전문직 종사자, 대기업 임원 등의 부류는 자신의 생활 습관에 맞춰 업무를 조정할 수 있는 폭이 크다. 그들은 사람이 붐비는 시간을 피하고자 아침형 인간의 생활을 선택했을지도 모른다. 아침형 인간이 성공의 원인이 아니라 결과일 수도 있다는 말이다.

운이 좋아서, 배경이 좋아서, 재능이 뛰어나서 성공했다고 하면 자기 계발서는 팔리지 않을 것이다. 자기 계발서가 팔려고 하는 성공의 비결은 '노력'이어야 한다. 그것도 누구나 시도할 수 있을 법한 작은 변화라면 더 좋다. 아침에 일찍 일어나기 등의 방법이 그렇다.

달라서 살아남았다

유전자 분석 기술이 발전하면서 아침형 인간과 저녁형 인간의 생물학적 차이가 조금씩 밝혀지고 있다. 최근에는 간단한 피 검사로 개개인의 생체 시계를 알 수 있는 기술도 개발됐다. 이를 통해 사람마다 최적의 생활 습관, 수면 시간 등이 다르다는 것을 짐작해볼 수 있다. 초기 인류는 어둠 속에서 살아남기 힘들었을 텐데 왜 이런 유전적 차이가 날까.

이에 대해 간단하면서도 흥미로운 해석이 있다. 수면 시간대가 다른 것이 밤에 닥칠 수 있는 위협에 대비하기 유리했다는 주장이다. 즉, 우리가 저마다 다른 이유는 함께 살아남기 위한 진화의 결과라는 뜻이다. 결론을 말하자면 아침형과 저녁형은 우열의 문제가 아니다. 그러니 편을 가르듯 자신과 다르다고 괄시하고, 노력이 부족하다고 무시하지 않아야 할 것이다.

왜
취
향
을

존
중
할
까

지난 주말에 이태원의 한 카페에서 커피를 마셨다. 도배
를 하지 않은 시멘트 벽에 천장에는 배관이 그대로 드러
나 있었다. 좋게 말하면 날것의 느낌을 살렸다고 할 수
있겠고, 내 식대로 말하면 축사 같은 인테리어였다. 게
다가 오래된 사무실에서 날 법한 냄새가 났다. 빈자리가
없을 정도로 인기 있는 곳이었지만 내 취향은 아니었다.
  건물 지하에는 문구와 접시 등을 판매하는 공간도 있
었다. 그중에서 주황색 플라스틱 바가지가 눈에 띄었다.
약수터에서 흔히 볼 수 있는 싸구려 바가지였다. 나로서

는 따라가기 힘든 감각이라는 생각이 들었다. 이처럼 다른 사람의 취향을 존중하는 일이 버거울 때가 있다.

취향이란 무엇일까

취향의 사전적 정의는 하고 싶은 마음이 생기는 방향이라고 한다. '오늘은 뭘 먹을까, 주말에 어딜 갈까' 같은 사소한 일부터 '대기업에 갈까, 공무원이 될까'처럼 꽤 중요한 일까지 삶은 선택의 연속이다. 이런 갈림길 앞에서 취향은 방향이 된다. 심지어 선택을 앞두고 다른 사람의 충고를 따른다거나, 본인 마음 가는 대로 하는 것마저 하나의 취향이라고 볼 수도 있다.

그런데 취향에 급이 있을까? 일단 산을 좋아하거나 바다를 좋아하는 취향 사이에 우열은 없어 보인다. 그런데 게임과 독서를 예로 들면 문제는 복잡해진다. 취향이니까 존중한다고 말은 하기 쉬워도 타인의 취향을 본인의 취향만큼 존중하기는 쉽지 않다.

취향의 서열

취향은 문화를 즐기거나 알아볼 줄 아는 능력을 뜻하기도 한다. 단순히 돈이 많다고 해서 이런 능력이 생기지는 않는다. 노력이 필요한 일이다. 많이 보고, 많이 듣고, 많이 먹을수록 생각이나 행동을 펼칠 수 있는 방향이 다양해진다.

취향은 소득에 따른 차이가 나기도 한다. 아무래도 미술관, 음악회, 파인 다이닝 등의 취향에는 금전적, 심리적 여유가 필요하다. 그래서인지 상류층, 중산층, 서민층이라는 말로 사람에 값을 매기듯 취향에도 서열이 있다고 믿는 사람들이 있다. 일부에서는 이와 같은 서열 의식을 가진 사람을 일컬어 평론가라고 부르기도 한다.

시대의 취향

요즘에는 소위 '궁셔리'라고 해서 자기 나름의 사치를 즐기는 사람도 있다. 또 욜로족이라고 해서 자신에게 투자하는 것을 아끼지 않는 사람도 많아졌다. 사회적 운동에 가까운 이런 추세를 보면 개인의 취향을 넘어 시대의 취향을 생각해보게 된다. 흔히 유행이라고 하는 그것 말이다.

취향은 지극히 개인적인 것 같으면서도 사회적이다. 하나하나 확대해서 보면 저마다 색이 다르지만 멀리서 보면 하나의 거대한 그림이 된다. 마치 점묘화처럼 말이다.

취향의 자유

사람은 저마다 제국을 품고 산다. 자신의 기준으로 상

대를 이해하고 정의한다. 정복 전쟁을 하듯 자신의 기준을 상대에게 강요하기도 한다. 특히 소비를 부추기는 언론들이 그렇다. 하지만 취향이 가난할 수는 있어도 그것을 통해 얻는 만족까지 가난하지는 않다고 믿는다.

운동화를 좋아하는 사람에게 구두를 신으라고 할 수 있지만 사람의 감정까지 강요할 수는 없는 법이다. 우리는 자신의 취향을 따르는 삶을 살 때 자유를 느낀다. 어쩌면 개인의 자유 의지는 취향 속에 숨어 있는지도 모르겠다.

Part 2

취미에 대한 감성

'커피 값을 아끼면
내 집 마련의 꿈에 한 걸음 다가갈 수 있다'는
이제 통하지 않는다.
그저 오늘 커피 한잔만큼의 행복을 느끼고
그 행복을 곱씹으며
내일을 버틸 수 있기를 바랄 뿐이다.

500원을 더 내면 팝콘의 양이 두 배가 된다는 말에 머리보다 빠르게 입이 '라지'를 외쳤다. 영화가 끝나면 팝콘을 압수당하기라도 할 듯 쉬지 않고 팝콘 한 통을 입속에 밀어 넣었다. 영화관을 나서자 저녁은 못 먹겠다며 위가 흐느꼈다.

시끄럽고 몸에 나쁜 군것질거리. 학생 때보다 팝콘에 너그러워진 까닭은 표 값과 비스름한 팝콘 값을 낼 만큼 주머니 사정이 넉넉해진 탓이 크다. 군말이 아니라 영화관에서 팝콘으로 긁어모으는 돈은 영화표로 버는 돈에

맞먹는다고 한다. 도대체 우리는 왜 영화관에서 팝콘을
먹는 걸까.

팝콘은 영화관에 어울리지 않아

아낌없이 주는 미국 원주민들이 유럽에서 도망쳐 온
불쌍한 이들에게 팝콘을 선물했다는 아름다운 이야기
와 달리 팝콘은 1820년 무렵 칠레의 발파라이소 항구를
거쳐 미국으로 넘어왔다. 값싸고 만들기 쉬웠던 팝콘은
1920년대가 되자 미국 어디서나 볼 수 있었다고 한다.
서커스, 축제, 공원, 술집 등 상상할 수 있는 모든 곳에서
팝콘을 팔았다. 단, 영화관을 제외하고 말이다.

대리석, 샹들리에, 빨간 양탄자. 1920년대 미국의 영
화관은 돈 많은 사람들만 즐길 수 있는 사치스러운 장
소였다. 그들은 사탕과 초콜릿 등은 허용했지만 팝콘만
큼은 받아들이지 않았다. 양탄자를 더럽힌다는 이유에
서였다. 팝콘은 싸구려 군것질거리였다. 오늘날 오페라
극장에서 팝콘을 먹지 않듯 그 당시의 영화관은 팝콘
같은 가난한 먹거리가 어울리는 곳이 아니었다.

팝콘 덕에 영화가 버텼다

전쟁을 딛고 이룬 기적 같은 성장…. 모든 것이 풍족

해 보였다. 적어도 겉으로는 그랬다. 하지만 실상은 너무나 참혹했다. 실업률이 두 자릿수를 넘고 가진 자들이 더 많은 돈을 버는 지옥 같은 얼개가 삶을 잠식했다. 더 큰일은 경제가 죽은 것보다 희망이 죽은 것이었다. 무엇이든 할 수 있다는 거품이 꺼지고 사람들은 앞날이 나아지리란 믿음을 버렸다. 아, 이는 대공황 시절 미국의 이야기다.

1929년 미국 대공황은 영화 산업까지 무너뜨렸다. 수많은 이들의 삶이 대공황이라는 수렁에 빠진 가운데, 대공황을 발판 삼아 호황을 누린 산업이 있었다. 바로 팝콘 장사였다. 먹고살기 힘들수록 립스틱이 잘 팔리듯 팝콘은 건빵 같은 퍽퍽한 삶 속의 작은 별사탕과도 같았다. 팝콘을 파는 싸구려 극장이 팝콘을 팔지 않는 호화스러운 극장보다 훨씬 많은 돈을 벌기 시작하자 대공황 때의 한 사업가는 이렇게 말했다.

"팝콘을 팔기 좋은 곳을 찾아라.
그리고 영화관을 세워라."

팝콘 덕에 사람이 버틴다

새로 개봉한 채플린 영화를 보며 숨넘어갈 듯 웃다가 외투 안주머니에 숨겨온 팝콘을 몰래 먹던 사람들을 그려본다. 그 시절 영화는 사람들이 우울한 현실을 잠시나마 잊은 채 웃을 수 있게 하는 고마운 매개체였을 것이다. 이런 영화를 보며 입속에 털어 넣던 팝콘은 영화표를 사기 위해 기꺼이 포기한 저녁 식사 대용이 아니었을까.

시간이 흘러 팝콘과 영화는 둘이 합쳐 하나로서 제삼의 경험이 됐다. 팝콘과 함께라면 재미없는 영화도 놀이가 된다. 삶에서 잠깐이나마 벗어나려 한다는 데서 오늘날 영화관을 찾는 우리의 마음도 그때와 크게 다르지 않아 보인다. 다만 먹고살기 어려워서뿐만 아니라 지겨운 하루하루 속 새로움을 찾아서 또는 연인과 말할 거리가 떨어져서 등 괴로움의 이유가 조금 더 복잡해졌을 뿐이다.

나는 팝콘 먹으러 영화관 간다

팝콘은 튀겨질 때 마치 이 순간만을 기다렸다는 듯 호들갑스럽게 세상을 향해 튀어 오른다. 작은 움직임에도 넘쳐흐를 듯 통 안에서 재잘거리는 팝콘의 가벼움. 고맙게도 이 가벼움이 삶의 무거움을 덜어준다. 상영관에 앉아서 가득 찬 팝콘 통을 보면 적어도 두 시간만큼의 행복은 보장되는 것 같다.

팝콘을 잔뜩 먹은 그날 결국 저녁을 먹지 못했다. 하지만 적어도 한 달에 한 번은 영화를, 아니 팝콘을 먹으러 영화관에 가고 싶다. 팝콘은 식감도 좋다. 혀끝에 눈처럼 내려앉은 팝콘을 씹으면 파사삭 부서지며 고소하게 녹아내린다. 물론 팝콘이 몸에 썩 좋지는 않다지만 월요일 아침마다 내려 마시는 쌉쌀한 커피보다 간헐적으로 몸속에 들어오는 달콤한 팝콘이 정신 건강에는 더 좋지 않을까 자기 합리화를 해본다.

샤를 드 골 공항에서 내 트렁크를 뒤적이던 남자가 닌텐도를 보고 외쳤다.

"마리오 샀어? 꼭 해봐!"

연락이 끊겼던 친구를 만난 표정이었다. 마리오는 별로 안 좋아하지만 적당히 얼버무렸다. 보안 검색대 직원에게 밉보이면 안 되니까.

닭장 같은 이코노미석에서 닌텐도는 구세주였다. 일상에서도 지옥철을 타면 두 손 모아 기도하는 사람들이 보인다. 모바일 게임에서 구원을 찾는 사람들. 이렇게 남녀노소 불문하고 많이들 하는데도 정작 게임한다고 칭찬하는 사람은 없다. 마치 담배처럼 말이다.

얼마나 좋으면 병이 날까

사실 '게임 중독'은 의학적으로 없는 말이었다. 그런데 지난겨울 세계 보건 기구가 게임 장애를 국제 질병 분류에 추가하기로 하면서 이제는 정말 질병이 되게 생겼다. 이에 찬성하는 사람들은 말한다. 게임 자체를 나쁘게 보는 것이 아니라 과몰입으로 인한 문제를 질병으로 보는 것이라고.

물론 지나친 몰입은 해롭다. 주변 사람과 멀어지고, 제때 밥을 안 먹고, 자야 할 때 잠을 안 잔다. 연애가 그렇다. 얼마나 좋으면 병이 날까. 자기 파괴적인 연애에 상담과 조절이 필요하듯 게임 과몰입도 게임의 문제라기보다는 정도와 조절의 문제일 것이다.

게임도 예술이 될 수 있을까

인간이 만든 재앙 중에 가장 크다.
자녀들은 공부를 울타리 밑 쓰레기로 여기고
어른이 일삼으면 일을 뒷전으로 미룰 텐데
어느 재해가 이보다 더 심각할까.

지금이라도 모두 모아 모조리 불살라야 한다.

패관 문학을 비판한 정약용의 글이다. 조선 후기에 유
행한 패관 문학에는 《구운몽》, 《삼국지》 등이 있다. 패관
문학으로 시작한 소설이 우리나라에서 예술로 받아들
여지기까지 100년이 걸렸다.

게임에도 100년의 시간이 필요한 걸까. 게임에는 분
명 타 콘텐츠에서 얻기 힘든 게임만의 새로운 경험이 있
다. 영화나 소설이 대부분 창작자가 이미 완성한 이야
기라면, 이와 달리 게임은 결말을 향한 과정에 수용자의
적극적인 개입이 필요하다. 그에 따라 결말이 바뀌기도
하는 것이다. 이보다 상호 작용이 중요한 콘텐츠가 또
어디 있는가.

아무튼 가겜비 최고

종일 회사에서 곱게 갈리고 나면 저녁에는 무엇을 할
기력이 없다. 여행도 연애도 무척 좋지만 여간 공 드는
일이 아니다. 반면, 게임은 일이나 공부보다 공이 덜 든
다. 그리고 그에 비해 보상은 빠르다. 즐기다 보면 어느
새 화려한 갑옷을 두른 자신의 분신을 볼 수 있다. 어려
운 퍼즐을 풀었을 때, 막강한 보스를 이겼을 때, 경주에

서 1등 했을 때 회사에서 맛보지 못한 짜릿한 성취감을 누릴 수 있다.

결국 마리오 게임을 샀다. 짧고 가볍게 즐길 수 있는 마리오를 하고 나니 마음이 후련해졌다. 가끔 이렇게 마음도 산책을 시켜줘야 병이 안 나지 싶다. 늦었지만 파리에서 만난 검색대 직원에게 감사의 마음을 전한다.

주인공, 나도 좀 할래

만약 게임 속 세상이 현실이었다면 나는 상점 주인이나 농부, 아니 역시 공무원을 택할 것 같다. 하지만 게임은 현실이 아니기에 나는 영웅을 선택할 수 있다. 영웅처럼 살기에 현실은 버겁다. 사장 입에 사표를 물려주고 싶지만 갚아야 할 대출이 있다.

현실에서는 스스로가 그다지 특별하지 않게 느껴질지라도 게임 속에서만큼은 주인공이 될 수 있다. 적어도 나를 절실히 필요로 하는 한 세상이 게임 속에 있다. 처형장의 이슬로 사라질 뻔했으나 알고 보니 용의 영혼이 내 속에 있었고, 눈보라를 뚫고 말을 달려 가난한 농민을 습격한 흡혈귀 무리를 무찌르기도 했다. 이제 용의 등에 올라타 마지막 결전을 치르러 신들의 세계로 날아갈 것이다. 게임 세상만큼은 반드시 지켜내고 싶다.

"자, 이제 갈 사람은 가세요."

여기서 '갈 사람'은 회사에서 나갈 사람을 말한다. 1
차에서 어깨가 빠져라 삼겹살을 굽다 노래방에 가면 부
장은 마이크를 잡고, 대리는 막내에게 탬버린을 내민다.
막내는 비로소 회식의 현실을 깨닫는다. 아, 회식도 일
이구나.

단골인 부장에게 서비스를 넣어주는 노래방 사장을
원망하며 막내는 회초리를 맞듯 탬버린으로 손바닥을
두드린다. 마을 축제에서, 플라멩코 댄서의 손에서, 모차

르트의 무곡에서 오랜 세월 사랑받아온 탬버린. 음악과
동시에 놀이의 도구인 이런 악기가 또 없었다. 그런데
어쩌다가 탬버린은 노동의 도구가 됐을까.

뉴욕 현대 미술관에 탬버린이 있다고?

이봐요, 미스터 탬버린 맨. 날 위해 연주해주오.
나 홀로 걷는 이 길 위에 춤의 마법을 내려주오.

밥 딜런이 1964년 발표한 '미스터 탬버린 맨'에서 탬
버린 소리는 들을 수 없다. 그는 들리지 않는 탬버린 소
리를 꿈꾸며 하루의 노동 끝에 지친 듯한, 조금은 화난
듯한 목소리로 저녁의 제국은 모래가 되어 사라졌다고
노래했다. 하지만 당시의 대중은 탬버린 소리에 맞춰 춤
출 수 있는 노래를 원했다. 이듬해 록 밴드 버즈는 밥 딜
런의 원곡을 전자 기타와 흥겨운 탬버린 소리로 재구성
해 빌보드 차트 1위에 올랐다.

원작자인 밥 딜런조차 만나보기 힘들었던 버즈의
대성공 후 탬버린은 록 음악에서 흥을 돋우는 감초 역할
을 맡았다. 노래방에서 흔히 볼 수 있는 반달 모양의 플
라스틱 탬버린은 1970년대 후반에 만들어졌다. 뉴욕 현
대 미술관에도 소장된 리듬테크 사의 탬버린은 오늘날

까지 리암 갤러거 등 많은 음악인에게 사랑받고 있다.

밴드에서 가라오케로

가라오케가 생기기 전인 1970년대 후반 일본에서는 술집에서 밴드의 반주에 맞춰 노래를 불렀다고 한다. 종일 회사에 찌든 아저씨도 마이크와 탬버린을 잡으면 로버트 플랜트가 된 기분을 느꼈을 것이다. 그러던 어느 날 고베의 술집에서 키보드를 연주하던 이노우에 다이스케는 야유회에서 노래하고 싶다는 손님의 부탁을 받는다. 그는 손님과 동행하는 대신 연주를 녹음한 테이프를 보냈고 거기서 가라오케 기계에 대한 영감을 얻었다.

'가짜'라는 뜻의 가라와 오케스트라의 합성어인 가라오케가 밴드의 반주를 갈음하면서 많은 악기가 일자리를 잃었다. 하지만 탬버린은 '반주 산업 혁명'에서 용케 살아남았다. 탬버린은 반주가 아니라 흥을 내는 데 필요한 악기였기 때문이다.

가라오케에서 노래방으로

1991년 여름 우리나라에 가라오케 기계와 탬버린이 들어왔다. 부산 동아대 앞에 처음 문을 연 노래방은 1년 만에 전국 1만여 곳으로 늘어났다. 초기에는 '직장인 음주 줄이는 건전한 회식 문화'라는 열렬한 환호를 받았다고 한다. 건전한 회식 문화라니. 노래방 탬버린으로 손과 마음에 피멍 들어본 사람은 동의할 수 없는 말이다.

한편 가라오케의 고향인 일본에서는 노래를 부르지 않는 사람들을 위한 스마트 탬버린이 개발됐다. 가라오케 자막 위에 나타나는 신호에 맞춰 탬버린을 치는 일종의 게임인데 머리 위로 탬버린을 치거나 손목으로 탬버린을 흔드는 등 다양한 동작을 인식할 수 있다고 한다. 우리나라에서도 부장이 노래하는 동안 나만의 리듬 게임을 즐길 수 있는 시대가 왔으면….

탬버린이 있어 다행이다

좋은 탬버린 소리는 파도에 부서지는 햇살처럼 기분을 들뜨게 한다. 하지만 억지로 치는 탬버린은 거짓 미소처럼 가슴을 싸늘하게 할 뿐이다. 그래도 노래방에 탬버린이 있어 다행이라는 생각을 해본다. 찰랑거리는 소음 속에 거짓의 흔적을 조금이나마 감출 수 있으니…. 어느 누가 소음 못지않은 술 취한 노랫소리를 듣고 싶겠는가.

내 손에서 파르르 떨고 있는 탬버린 너도 참 가련하다. 너 또한 남의 손아귀에서 이리저리 흔들리고 상처가 나도록 온몸으로 부딪히고 찰랑찰랑 비위나 맞추며 살고 싶지는 않겠지. 이렇게 좁고 어두운 노래방이 아닌 큰 무대 위 화려한 조명 아래서 사람들의 환호를 받고 싶지 않니.

103

지난 연말 모 방송국 시상식에서 연예인이 아닌 출연진의 어머니들이 대상을 받아 이런저런 말이 많았다. 해당 프로그램은 2017년 한 해 동안 지상파 예능 중 유일하게 20퍼센트대 시청률을 기록했다. 대중의 사랑뿐만 아니라 백상예술대상 예능 작품상을 받는 등 평단에서도 인정받았다.

소위 '관찰 예능'이라 불리는 예능 프로그램에 대해 자세한 설명이 필요한가. 요즘 채널만 돌리면 나오는데. 세상에서 가장 쓸데없는 걱정이 연예인 걱정이라던데 그들의 일상에 웃고, 갈등에 마음 졸이고, 슬픔에 공감하는 이유는 무엇일까.

연예인도 인간이다

2013년 상반기부터 슬슬 눈에 걸리더니 2017년은 그야말로 관찰 예능의 해였다. 제작진 개입 없이 출연자의 일상을 관찰하며 가족, 처가댁, 시댁 등의 핍진한 소재로 공감하기 쉬운 것이 관찰 예능의 특징이다.

한 달에 수억을 버는 연예인 또한 한 인간에 불과하다는 것을 알면 마음이 놓이는 것일까. 관찰 예능은 구름 속에 살던 연예인을 우리 눈앞으로 끌어내린다. 처음에는 그들의 행동이 자칫 기행처럼 보이기도 한다. 하지만 어느새 그들이 세상을 살아내는 방식을 이해하게 된다. 이는 친구를 사귀거나 연애를 하는 방식과 비슷하다. 타인의 시선으로 세상을 바라볼 수 있을 때 비로소 그를 인간으로서 받아들인다. '연예인도 인간이다'는 관찰 예능을 관통하는 주제다.

편집된 날것

관찰 예능을 '로 트렌드'의 연장선에서 보는 사람도 있다. 로raw는 익히지 않은 날것이라는 뜻이다. 내추럴,

오가닉과의 차이는 자연을 묘사하는 범위에 있다. 자연이라고 하면 흔히 초록빛 숲과 산들바람, 잎사귀 사이로 반짝이는 햇살을 떠올린다. 하지만 자연에는 삶뿐만 아니라 죽음이 있다. 즉, 자연에는 부패가 있다. 무너진 벽, 녹슨 철골, 곰팡이 슨 벽지 등을 그대로 살리는 것이 로트렌드다.

관찰 예능은 예능에서 다루기 꺼리던 알코올 중독, 밤문화, 심지어 패널이 화장실 다녀오는 모습까지 방송으로 내보낸다. 편집된 날것이 진짜 날것일까 하는 의문은 남지만 숙성 회가 생선찜보다 날것이라는 점은 사실이다. 생선찜, 스테이크에 질린 시청자들에게 숙성 회는 신선했을 것이다.

내가 관음증 환자라고?

관찰 예능에 대한 우려의 시선도 적지 않다. 관음증에 기반을 둔다는 비판이 대표적이다. 서울대학교 병원 칼럼에 따르면, 다른 사람의 사생활에 대한 호기심은 거의 모든 사람에게 있다고 한다. 이런 관음증적 성향의 대표적인 예가 스캔들에 대한 관심이다. 그러나 전문가들은 이 경우를 병이라고 부르기는 어려우며, 관음증은 정확히 말해 훔쳐보기에서 성적 만족을 얻으려는 성도착증에 한정된 용어라고 한다.

관음증적 성향이 전적으로 옳다는 말은 아니다. 다만 관음증적 성향과 관음증은 구분해야 하지 않을까. 관음 증은 관찰당하고 있다는 사실을 피관찰자가 모른다는 데서 오는 가학적인 쾌감도 크다고 한다. 그런데 정작 관찰 예능에 출연하는 사람들은 카메라에 못 찍혀 안달 난 사람처럼 보일 때가 많다. 물론 시청자로서 진짜처럼 포장된 가짜를 가려내는 여유는 있어야겠지만.

모니터 속에 이웃이 산다

느지막이 눈떠서 냉동한 밥을 데워 먹고, 대화라고는 SNS에서 주고받은 댓글이 전부인 하루. 이 사람 많은 세상에 나 혼자 사는 것처럼 느껴지는 약속 없는 주말. 이웃사촌이라는 말이 죽은 이후 사람 사는 이야기에 목 마를 때가 있다.

우리를 가로막은 벽은 야속하게도 불쾌한 소음은 가 차 없이 전달하는 반면, 그 너머에 사는 사람의 이야기 는 좀처럼 전달하지 못한다. 그렇기에 더 모니터 너머에 사는 이웃의 이야기에 마음을 빼앗기는 것은 아닐까. 설 령 그 이야기가 편집된 환상이라 하더라도 말이다.

107

소금에 절여 말린 조기를 굴비라고 한다. 그리고 소금에
절인 듯한 짠돌이는 자린고비라고 한다. 설화 속 자린고
비는 대들보에 매달아놓은 굴비를 보며 말한다.

"어이 짜다."

온라인 쇼핑몰을 자주 이용하는 사람이라면 위시 리
스트 또는 찜 리스트라는 말이 익숙할 것이다. 보통 위
시 리스트라고 하면 본인이 사고 싶은 물건들을 갈무리
해두는 웹 페이지다. 천장에 굴비를 매달아놓듯 물건을
위시 리스트에 넣은 채 몇 달을 보기만 할 때도 있다. 왜

사지도 않을 물건인데 위시 리스트에 찜하는 것일까.

산타클로스 할아버지께

위시 리스트는 미국의 풍습이었다. 원래는 크리스마스를 앞두고 "산타클로스 할아버지께, 이번 크리스마스에는 목마가 갖고 싶어요. 아니면 강아지를 선물해주세요." 등의 받고 싶은 선물을 적은 목록을 위시 리스트라 불렀다고 한다.

나중에는 결혼 등으로 인해 선물을 받을 일이 생겼을 때 필요한 물건을 적어서 친구에게 주는 목록 또한 위시 리스트라고 부르기 시작했다고 한다. 그래서 미국 온라인 쇼핑몰의 위시 리스트에는 SNS나 이메일로 다른 사람에게 공유하는 기능이 있다. 심지어 받고 싶은 선물 목록을 작성하면 온라인 최저가 목록을 만들어 친구나 가족에게 전달하는 위시 리스트 전문 업체도 있다. 이 '받고 싶은 물건'의 목록이 우리나라에서는 주로 '사고 싶은 물건'을 저장하는 용도로 쓰인다.

이번 생에 살 수 없기에

목마르고 배고픈 욕구부터 시험에 합격하고 바라던 직장에 취직하고 싶은 욕구까지 욕구는 행동을 지배한

108

다. 욕구는 단순히 동물적인 것에 그치지 않는다. 생존 욕구와 거리가 먼 욕구일수록 감정의 영향을 받는다. 감정과 욕구는 청춘 드라마에 나오는 라이벌처럼 서로에게 영향을 미친다. 즉, 감정이 강해질수록 욕구도 강해진다. 감정과 욕구의 소란에 지친 이성이 손을 놔버릴 때가 있다.

"그래. 너희 마음대로 해라."

그제야 아이는 산타에게 소원을 비는 편지를 쓴다. 명사 위시wish를 우리말로 바꾸면 '소원'이 가장 가까울 것이다. 우리는 이성의 범위 안에서 해결책을 찾을 수 없을 때 소원을 빈다. 그래서 위시 리스트는 답 없는 소원들의 목록일 때가 있다. 에르메스 가방이나 롤렉스 시계처럼 가슴속에 담아둔 물건의 목록 말이다. 이번 생에는 가질 수 없기에 아이는 산타에, 어른은 로또에 소원을 빈다.

찜은 침보다 진하다

흥미로운 점은 온라인 쇼핑몰의 위시 리스트에 터무니없는 가격의 물건은 담지 않는다는 것이다. 어쩌면 온라인 쇼핑몰의 위시 리스트는 찜 리스트, 굳이 순화하자면 찜 목록이 더 맞는 말일지도 모르겠다. 국어사전에

'찜하다'는 '속된 말로 어떤 물건이나 사람을 자기의 것으로 하다'라고 나와 있다. '하다'보다는 '정하다'가 더 정확한 것 같다. 찜해놓고 갖지 못하는 일도 다반사이기 때문이다.

이 '찜하다'라는 말을 언제부터 썼는지 정확히 알 수는 없다. 비슷한 뜻으로 '침 바르다'를 생각하면 이 찜이라는 단어가 마치 엄지에 침을 묻혀서 꾹 찍어 누르는 듯한 의태어처럼 느껴지기도 한다. 내 '국민학교' 시절에는 개가 영역 표시를 하듯 소유하고 싶은 것에 침을 묻히는 시늉, 아니 실제로 뱉어서 묻히곤 했다. 어쩌면 운동장에서 주인 없는 공을 발견한 일당 중 한 명이 흥분에 못 이겨 침 대신 '찜'을 외친 데서 시작했을지도 모른다는 엉뚱한 상상을 해본다.

아무튼 '찜하다'는 '침 바르다'보다 간결하며 위생적이다. 그리고 무엇보다 강하다. '쏘주와 짜식'이 소주와 자식보다 진하듯 말이다.

내 거인 듯 내 거 아닌

쇼핑몰에 로그인하면 가상의 옷장처럼 나만의 찜 목록을 볼 수 있다. 살까 말까 머릿속으로 입어보다 보면 어느새 시즌이 지나버리고, 유행이 지나버리고, 이미 입은 옷인 듯 질려버린다. 가히 디지털 자린고비라 해도 할 말이 없지만 가끔은 사는 것보다 찜하는 게 나을 때도 있다. 적어도 돈은 안 들어가니까.

오래전에 찜해놓은 물건을 샀을 때의 성취감은 크다. 그런데 막상 사고 나니 웬걸, 모델이 입은 그 옷이 맞나 싶다. '내 거인 듯 내 거 아닌 내 거 같은 너'라는 노랫말처럼 행여나 품절될까 봐 마음 졸이던 그 애타는 긴장감까지가 찜의 묘미였을까. 품절되지 않은 데는 다 이유가 있다.

왜
떠
나
고

싫
을
까

프랜차이즈 영화에 왠지 모를 의무감을 느낀다. 1편을 보면 2편도 봐야 하고, 2편에 실망해도 3편까지 봐줘야 개운하다. '스타워즈', '인디아나 존스', '터미네이터' 등 지금과 비교하면 조악하기 그지없는 기술로 빚어낸 명작들을 가끔 다시 보곤 한다. 그중에 '매드 맥스' 시리즈는 조금 특별하다. 지금이야 4편의 대성공으로 많이들 알지만 '매드 맥스'는 저예산 호주 영화로 시작했다.

　적어도 우리나라에서 '매드 맥스'는 상업적으로 성공한 프랜차이즈라고 보기 힘들었다. 호주 출신의 무명 배우 멜 깁슨과 정형외과 의사였던 아마추어 감독 조지 밀러의 할리우드 데뷔작이자, 흔히 '포스트 아포칼립스'라 불리는 폐허가 된 미래를 그린 작품들의 원형으로서나 의미 있는 영화였다. 주인공 맥스가 방랑을 시작한 배경을 그린 1편을 제외하고 2편부터 4편까지의 주제는 단순했다.

"이상향은 없다."

엿가락 끊기

일상에서 도망가고 싶은 욕구를 느낄 때마다 어딘가에 있을 이상향을 꿈꿔본다. 그 이상향과 우리나라의 행복 지수, 문화와 인프라, 때로는 임금과 집값을 비교한다. 하지만 이상향에서의 삶이 어떠할지 구체적인 그림은 그리기 힘들다. 그저 사진과 숫자만 보일 뿐이다. 그럼에도 소소하게 기내용 캐리어만 하나 달랑 들고 훌쩍 떠나고 싶다.

비행기를 타고 떠나는 여행은 완전한 단절의 느낌이다. 수백 개의 삶을 실은 비행기가 활주로를 달리며 고함지른다. 훌쩍 뛰어오르고 싶지만 삶의 무게는 악이 받치도록 무겁다. 하지만 결국 바퀴는 땅에서 떨어진다. 나를 이 땅 위에 딱 붙잡고 있던 찐득한 삶이 엿가락처럼 늘어지다 툭 끊어진다.

여행의 백미

귀가는 여행의 백미이자 비극이다. 돌아갈 날이 있기에 하루하루가 아름답다. 돌아오면 부사수의 복귀를 기다리던 선임 같은 일상이 우리를 반긴다. 여행이 끝나도 삶은 계속된다. 일상에도 사표를 던질 수 있을까. 가끔은 편도 티켓을 끊고 싶어진다. 돌아오지 않을 긴 여행을 위해서 말이다.

'매드 맥스'에 등장하는 인물들의 바람도 이와 비슷하다. 오래된 관광 엽서의 해변을 보고 구만리 먼 길을 떠나는 사람들. 전설 속 '내일의 땅'을 찾기 위한 목숨을 건 탈출. 결과는 영화를 보면 알리라. 그런데 이상향을 찾고 못 찾고를 떠나 내게 깊은 인상을 주는 것은 영화의 마지막 장면이다. 주인공 맥스는 늘 이상향에서의 삶을 포기하고 홀연히 떠난다. 본인이 더는 행복을 느낄 수 없는 사람임을 스스로 알기 때문이다.

행복도 계획이 필요해

첫 번째 회사를 그만두고 집에 누워 있다가 제주도행 편도 티켓을 끊었다. 제주에서 아르바이트 자리를 구해 살아볼까 하는 막연한 생각이었다. 그런데 제주에 도착하자 덜컥 겁이 났다. 그때는 몰랐다. 행복에도 구체적인 계획과 굳은 다짐이 필요한 것을. 꿈은 현실이 된다. 아니 꿈은 현실이 되고야 만다. 살기 위해서는 막연한 꿈이 아니라 지금의 현실을 대체할 새로운 일상의 터가 필요하기 때문이다.

서울로 돌아가자니 비행기 삯이 아까웠다. 어차피 가서 할 일도 없었다. 걸어서 제주도 일주를 해보자는 막연한 생각으로 마냥 걷기 시작했다. 서귀포에 도착하자 무릎이 아파 도저히 걸을 수가 없었다. 버스를 타니 제주시까지 한 시간 반이 걸렸다. 일주일간의 풍경이 50배속으로 지나갔다. 그렇게 제주도에서 열흘 정도를 버티고 서울로, 다시 현실로 돌아왔다.

환상은 통쾌하다

'통쾌하다'라는 성의 없는 표현으로 '매드 맥스 4'를 깎아내릴 수 없다. '가장 통쾌하다'라는 최상급 표현을 쓰면 의미가 달라질까. '매드 맥스 4'는 내가 본 액션 영화 중 가장 통쾌했다. 액션 영화가 보여줄 수 있는 것은 다 보여줬다 할 정도였다면 충분한 설명이 될 것 같다.

"이상향은 없다. 현실과 싸워 이겨라."

일흔 줄의 감독이 요즘 세대에게 하고 싶은 말이 이런 게 아니었나 싶다. 하지만 현실이 정말 힘든 이유는 무엇과 싸워야 하는지 모르기 때문이다. 오늘도 그저 한잔의 맥주 같은 통쾌한 여행을 꿈꿀 뿐이다.

설을 맞아 침대 위에서 연휴 아침의 축복을 한껏 만끽하고 있었다. 그때 스마트폰에 메시지가 도착했다.

"윤성빈 경기하니까 나와."

참, 평창 동계 올림픽 기간이었지. 거실에서 TV를 보던 동생이 보낸 메시지였다.

"윤성빈이 누구야?"

동생에게 답장을 보냈다.

이에 대한 동생의 답장은 차마 책에 옮길 수 없는 문장이었다. 아무튼 동생의 답장을 요약하자면 윤성빈은 스켈레톤 선수였다. 스켈레톤이 뭔지는 잘 모르겠지만⋯. 국민 피겨 여왕 김연아 선수의 경기조차 단 한 번 본 적이 없는 내가 금시초문인 스켈레톤에 관심을 가질 쏘냐. 그나저나 김연아 선수도 이번 동계 올림픽에 출전하는지 문득 궁금해졌다.

10첩 반상처럼 화려하게

스켈레톤 경기를 볼 생각은 없었으나 아침밥은 먹어야겠기에 거실로 나왔다. 차례상에 올렸던 나물로 만든 비빔밥과 육전, 생선전, 산적 그리고 탕국이 차려져 있었다. 반찬이 '너무' 많았기에 오히려 고민이 생기지 않았다. 그냥 내가 좋아하는 수육만 집어 먹었다. 할머니는 매년 제사 음식을 단출하게 하겠다고 말씀하신다. 그래. 1년 내내 제사 음식이 냉동실에 들어차 있던 예전과 비교하면 많이 줄기는 했지.

한편 TV에서는 10첩 반상처럼 호화로운 올림픽 중계가 펼쳐지고 있었다. 윤성빈 선수가 출전한 스켈레톤 경기는 이번 올림픽의 수육 같은 종목이었나 보다. 최근 세계 대회에서 1위를 한 윤성빈 선수가 유력한 금메달 후보라고 동생이 말했다. 3차 시기였다. 어느새 스켈레톤 전문가가 된 동생이 스켈레톤은 이틀 동안 4번의 경기를 펼치고 기록을 합산해 순위를 매긴다고 했다. 채널만 돌리면 나오는 축구, 야구, 이종 격투기와 비교하면 스켈레톤 경기는 굉장히 새로웠다. 영화 '쿨 러닝'에 나왔던 봅슬레이 트랙이 생중계로 눈앞에 펼쳐졌다.

스켈레톤의 현기증

생전 처음 들어본 스켈레톤이란 종목은 스위스에서 시작됐다고 한다. 스켈레톤, 즉 해골이라는 으스스한 이름은 뼈대만 남긴 것처럼 몹시 간소화된 썰매의 모습에서 유래했다는 이야기가 있다. 최고 시속 128km까지 속력을 낼 수 있는 스켈레톤은 브레이크도 없다고 한다. 머리를 앞으로 내놓은 채 시속 100km가 넘는 속도로 커브를 도는 상상을 하니 현기증이 난다. 자동차로도 그만한 속도를 내본 적이 몇 번 없다.

스켈레톤은 실제로 그 위험성 때문에 올림픽 종목으로 채택됐다가 빠지기를 반복했다. 첫 번째 스켈레톤 트랙을 만든 것은 130년이 넘었지만, 2002년 미국 솔트레이크 동계 올림픽에서야 영구 종목으로 선정됐다고 한다. 스키와 스노보드보다 사망 사고가 적다고는 하는데 아마 선수가 절대적으로 적은 것이 한몫하지 않았을까 싶다. 2001년에 라트비아 공화국의 한 스켈레톤 국가 대표가 연습 도중 트랙에서 미처 치우지 못한 썰매에 부 딪혀 사망한 것이 유일한 공식 사망 기록이다.

스포츠의 아찔함

선수들에게는 미안한 말이지만 TV로 스포츠를 즐기는 장점에 직접 경기를 뛸 때의 위험을 간접적으로 경험하며 전율을 맛볼 수 있다는 지분이 꽤 차지한다. 상대의 주먹에 맞거나, 공에 국부를 맞거나, 추위에 덜덜 떨필요 없이 아늑한 방안에서 경기를 즐길 수 있지 않은가. 그러니 스포츠 경기를 뜻하는 게임의 어원이 '사냥'인 것은 그리 놀랍지 않은 사실이다. 인간은 원래 사냥의 동물이었다. 스포츠는 억눌려 있던 인간의 야만성을 승화시킨 예술이다. 올림픽, 월드컵 같은 대규모 스포츠축제는 달리고, 경쟁하고, 때로는 피를 흘리는 사육제다.

스포츠에서 오는 쾌감은 원초적이다. 야만성의 대리만족 수단일 뿐만 아니라 예측 가능한 일상에서 느끼는 무료함을 날려준다. 결과에 대한 불확실성이 스포츠 관람의 매력이다. 기적 같은 역전극이야말로 스포츠 팬들의 꿈이다. 말 그대로 '각본 없는 드라마'인 것이다. 그런데 이 불확실성이 매력으로 다가오기 위해서는 보는 사람의 관여가 필요하다. 이런 관여는 국가주의, 지역주의, 집단주의에서 비롯하기도 한다. 희미했던 소속감은 외부의 적 앞에 선명해진다.

애국심과 애민 정신

윤성빈 선수의 3차 시기를 보며 아침 식사를 마치고 다시 방으로 돌아왔다. 점심 때쯤이었을까. 마지막 경기가 시작한다는 동생의 메시지에는 대꾸조차 하지 않았다. 결국 동생에게 애국심도 없느냐며 질타를 받았다. 22개월간 국가에 봉사했고 직장을 얻은 이후 꾸준히 세금을 내고 있지만, 스켈레톤 경기에 바칠 애국심은 없는 것 같다.

그날 오후 뉴스에서 본 윤성빈 선수의 큰절은 사뭇 감동이었다. 영화에 주인공이 필요하듯 스포츠에도 주인공이 필요하다. 스포츠 팬의 종착역은 선수에 대한 애정이다. 선수를 내 자식처럼, 친구처럼 또는 나 자신처럼 느낄 때 역전의 기적이 일어나기를 바라거나 이변이 없기를 절실히 바라게 된다. 반짝 흥행이 아닌 대한민국 아이언맨의 안전하고 긴 질주를 기원해본다. 같은 아이언맨 팬으로서 말이다.

사는 데 꼭 필요한 것이 있다. 농작물을 자라게 하고 음식을 만드는 데도 들어간다. 흐르고 쉽게 증발하는 성질 때문에 둑을 쌓아 저축하기도 한다. 그래서 은행을 뱅크, 즉 둑이라고 부른다. 그렇다. 사는 데 돈은 반드시 필요하다. 돈이 없어도 잘 산다지만 돈이 없으면 아무것도 살 수 없다.

과거에는 신분으로 사람을 구분했다면 오늘날은 돈으로 사람의 계층을 나눌 만큼 돈은 중요하다. 돈은 월요일 아침마다 지옥에 몸을 구겨 넣는 이유이기도 하다.

출근길 분당선을 타본 사람은 알리라. 부자는 천국에 가는 것이 힘들다지만 적어도 부자는 지옥철을 타진 않을 것이다.

돈은 돈다

우리는 언제부터 '돈'을 썼을까. 우리 민족이 한글로 기록하기 시작한 이래 줄곧 '돈'이라 표기했다고 한다. '돈'이라는 말의 유래 중에는 돌고 돌기 때문에 돈이 됐다는 설도 있다. 통장에 들어온 돈이 잠시도 가만있지 못하는 것을 보면 일리가 있는 말인 것 같기는 하다. 운송과 보관이 어렵던 물물 교환 시대를 거쳐 탄생한 돈은 애초부터 쉽게 흐르도록 만들어졌다. 이 유동성은 돈의 가장 근본적인 속성이다.

돈이 가진 또 하나의 속성은 공평함이다. 돈은 가치에 질서를 부여했다. 부자의 천 원과 가난한 자의 천 원이 가진 객관적 가치는 동등하다. 이처럼 귀족과 평민을 가르던 신분과 달리 돈은 공평하다. 다만 분배가 지독히도 불공평할 뿐이다. 그런데도 자본주의가 세계를 정복한 데는 이유가 있다. 돈은 희망을 준다. 나도 언젠가 부자가 될지 모른다는 이기적인 희망 때문에 우리는 분배의 불공평함을 받아들인다.

재수가 없다

많은 이들이 부자를 꿈꾼다. 그런데 낙타가 바늘구멍을 통과하는 일이 가난한 사람이 부자가 되는 일보다 쉽지 않을까. 돈이 생기는 운수를 '재수_{財數}'라고 한다. 아프지 않고 건강한 것만으로 재수가 좋다고 하는 이유는 크게 돈 나갈 일이 없기 때문이다. 우리는 이 '재수'라는 말을 일상적으로 쓴다. 산다는 것이 돈 드는 일이라 그렇다.

한때 'n포 세대'라는 말이 유행했다. 지금의 세대가 재수 없는 세대라서 그럴까. 한강의 기적을 일으키고 금을 모아 나라를 살린 한국인은 원래 포기를 모르던 민족이었다. n포 세대라는 말에는 낯선 현상에 대한 불편한 시선이 담겨 있다. 하지만 이제 우리는 포기도 건강할 수 있다는 것을 차츰 배워가고 있다. '미래를 위해 오늘을 포기하지 않겠다'라는 가치관 변화의 과도기에서 n포 세대라는 말이 등장했을 수도 있다. 미래의 '나'가 오늘의 '나'보다 중요하다는 증거는 어디에도 없다.

겨울은 온다

물론 오늘이 더 중요하다는 생각은 안이할 수 있다. IMF 같은 겨울을 몸소 겪어보지 못한 태평성대를 살고 있기 때문일지도 모른다(이렇게 먹고살기 힘든데 태평성대라니). 하지만 개인의 고난과 사회의 고난은 다르다. 원래 난세에는 몸이 힘들고 태평성대에는 마음이 힘들다. 각자의 행복을 다른 사람과 비교하기 시작하면서 불행해진다. 게다가 시대를 관통하는 뚜렷한 목적성이 없어 길을 잃기도 쉽다.

확실한 것은 미래는 언제나 불확실하다는 점이다. 가족이나 내 신변에 언제 우환이 덮칠지 모르는 일이다. 한 푼 두 푼 모은 종잣돈으로 집을 사고 재산을 불리는 친구들을 보면 불안해지기도 한다. 겨울을 대비해야 할까도 싶지만 오늘의 즐거움을 다 갚고 나면 모을 돈이 없다. 곤충으로 치면 나는 베짱이속이다.

행복 총량의 법칙

어린 시절 읽은 '개미와 베짱이'를 지금 곱씹어보면 이 우화의 교훈은 '개미처럼 살아라'가 아닌 것 같다. 베짱이는 여름에 행복했고 개미는 겨울에 행복했다. 그뿐이다. 하지만 이야기는 현실을 담고 있다. 0.01%의 이변이 일어나지 않고서야 태어나 계층이 정해지는 순간 돈으로 얻을 수 있는 행복의 총량은 정해지는 게 아닐까 싶다. 즉, '팩트 폭력'하자면 특별한 재수가 없는 한 인간이 평생 벌 수 있는 돈의 양은 거기서 거기란 말이다.

'커피 값을 아끼면 내 집 마련의 꿈에 한 걸음 다가갈 수 있다'는 이제 통하지 않는다. 그저 오늘 커피 한잔만큼의 행복을 느끼고 그 행복을 곱씹으며 내일을 버틸 수 있기를 바랄 뿐이다. 탕진과 절약 사이에서 양이 정해진 행복을 쪼개 즐기는 법을 배우는 것이 우리 세대의 숙제일지도 모르겠다.

회사 맞은편 골목에 밥 한 끼 먹고 싶을 때마다 가는 밥집이 있다. 2인용 테이블 놓을 자리도 없는 다섯 평 남짓한 좁은 가게다. 흔히 카운터석이라 불리는 주방을 마주한 좁다란 테이블에 예닐곱 명만 앉아도 꽉 차는 곳이다.

모든 차림이 무난하게 맛있지만 토마토 치즈 제육 덮밥은 조금 새로웠다. 새콤한 토마토 페이스트에 제육을 볶아 밥 위에 얹고 그레이터로 곱게 간 치즈를 수북이 올린 음식이었다. 자칫 느끼할 수 있는 맛을 적당히 들어간 청양고추가 잡아줬다. 곁들여 나오는 양배추 샐러

드는 변색한 것 하나 없이 신선했다. 수저통 옆에 놓인 흑임자 드레싱을 양껏 뿌려 먹을 수 있는 점도 좋았다.

재료의 신선함과 사장님의 정직함이 돋보이는 가게였다. 둘이 먹다 하나 죽을 만큼 특별한 맛은 아니었다. 그저 멋 부림 없이 그 집 사장님처럼 담담한 맛이었다.

기대 vs. 만족

그런데 최근 이영자 씨가 그 식당에서 토마토 치즈 제육 덮밥을 먹는 모습이 공중파 방송에 나갔다. 이제 점심시간이 되면 가게 앞은 사람들로 장사진을 이룬다. 30m가량 줄을 선 사람들을 보니 마음이 복잡해졌다. 성실하고 정직하게 일하시던 사장님한테는 잘된 일이지만 편하고 기분 좋게 점심 먹던 '나만 알던 곳'이 하나 사라지니 아쉬웠다.

TV나 SNS를 통해 인기를 끈 음식을 먹으러 가는 사람들이 많다. 만약 저기 줄 서 있는 사람이 나였다면 어땠을지 생각해본다. 점심시간에 짬을 내 먼 곳까지 찾아와 몇 십 분이나 기다렸다 먹으면 과연 맛있을까. 회사 앞에서 우연히 맛집을 발견했을 때만큼 만족할 수 있을지는 모르겠다. 기대가 낮을수록 만족이 쉽기 때문이다.

푸드 포르노

2015년 즈음부터 불기 시작했던 음식 소개 프로그램 열풍은 사그라들 줄 모르는 것 같다. 해외에서는 이런 음식 소개 프로그램이나 먹스타그램을 '푸드 포르노Food Porn'라는 하나의 장르로 구분한다. '푸드 포르노'라는 제목의 TV 프로그램도 있어 미국 전역을 날아다니며 SNS 상에서 인기 있는 음식을 소개한다고 한다.

푸드 포르노란 이름은 다소 노골적이지만, 동시에 음식 소개 프로그램이나 먹스타그램의 성격을 잘 드러내는 이름이기도 하다. 포르노가 섹스에서 오는 쾌락을 눈으로 전달하려는 것처럼 음식에서 오는 쾌락을 전달하기 위해 자극적인 연출을 서슴지 않기 때문이다. 그런데 이 푸드 포르노와 비슷하면서도 궤를 달리하는 것이 있다. 소위 '먹방'으로 불리는 먹는 방송이다.

왜 먹지 않고 볼까

푸드 포르노와 먹방은 비슷하면서 조금 다르다. 음식보다 '먹는다'는 행위에 집중한다. 푸드 포르노가 육즙이 흐르는 패티를 초근접 촬영으로 보여준다면, 먹방은 햄버거 30개를 한 시간 동안 먹는 모습을 보여주는 식이다. 먹방은 우리에게 이미 익숙한 콘텐츠이지만 해외에서는 꽤 신선했나 보다. 우리말인 먹방은 'Mukbang' 또는 'Mok-Bang'으로 고유 명사가 됐다고 한다.

먹방은 많은 양을 먹는다는 점에서 푸드 파이트와 비슷한 부분도 있다. 그런데 먹방 콘텐츠를 만드는 사람마다 조금씩 다르긴 하지만 짧은 시간 내에 다 먹어 치우는 기록이 중요하지는 않아 보인다. 먹방의 가장 큰 특징은 음식을 먹는 모습을 라이브로 방송하면서 시청자들과 소통하는 것이다.

푸드 포르노, 푸드 파이트, 먹방은 소재가 음식이라는 공통점을 가지고 있으나 저마다 다른 재미를 제공한다.

죄책감 없는 식사

먹방이 흥행하는 이유에 대해서는 이런저런 의견이 많다. 대개 불경기 탓이거나, 1인 미디어 세상이 도래했기 때문이거나, 대화를 나누는 식사가 멸종했기 때문이라는 근사한 이유를 부려놓는다. 그냥 재미있다고 하면 될 것을. 아마 먹방을 보는 행위를 진심으로 이해하지 못한 게 아닐까. 나처럼 말이다.

먹방을 보면 일단 차려놓은 음식을 다 먹을 수 있을지가 궁금해진다. 포장 도시락, 배달 음식 등 익숙한 먹거리부터 인도에서 온 후식이라는 생전 처음 보는 음식까지. 평소에 진탕 먹어보고 싶었거나 한 번쯤 먹어보고 싶은 음식들이다. 야무지게 음식을 먹어 치우는 유튜버를 어느새 동경의 시선으로 보게 된다.

다이어트를 강요하는 요즘 세상에서 배 터지게 먹는 일은 자의 반, 타의 반으로 금기시되고 있다. 맛이나 배부름으로 채울 수 없는 죄책감 없는 식사에 대한 금지된 욕망을 조심스레 떠올려본다. 짓지도 않은 죄에 대한 죄책감을 너무 많이 떠안고 살았나 싶다.

133

무라카미 하루키가 부럽다. 작가로서보다 인간으로서
말이다. 하루키는 달리기를 즐기는 것으로 유명한데, 그
가 달리기를 시작한 이유는 글을 쓰기 위한 체력을 기르
기 위해서였다고 한다. 수많은 마라톤 대회를 완주하고
100km 넘게 달리는 울트라 마라톤과 트라이애슬론까
지 참가했다고 하니 글 쓰는 데 체력이 정말 많이 필요
한가 싶기도 하다. 아니면 너무 달려서 힘이 빠진 나머
지 소설 속 남자 주인공들이 그렇게 맥이 빠져 있는 건
가. 아무튼 일흔이 넘은 지금도 매일 한 시간씩 달린다

는 그가 존경스럽기까지 하다.

하루키는 매일 새벽같이 일어나 한 시간씩 달리고 대여섯 시간을 꼼짝없이 앉아 글을 쓴다고 한다. 그것도 40년이 넘도록 말이다. 만약 회사에서 시킨 일이었다면 노무사에게 상담을 받아야 하는 거 아닌가. 어쨌든 하루키의 그런 우직함이 오랫동안 많은 사랑을, 아니 많은 인세를 받는 작품을 쓰게 한 비결일 수도 있다.

하루키와 윤종신

일본에 하루키가 있다면 우리나라에는 윤종신이 있다. 작가와 가수를 비교한다는 것이 웬 말인가 싶겠지만, 섬세한 문장으로 이뤄진 윤종신의 가사 역시 많은 사람들의 사랑을 받고 있다는 점에서 둘은 비슷하다. 그의 가사는 귀로 듣기만 해도 드라마 한 꼭지를 보는 것처럼 생생한 장면이 떠오른다. 윤종신은 시나 소설과 다른 노래 가사만이 할 수 있는 영역에서 장인의 경지에 오른 사람이라고 생각한다.

윤종신이 대단한 점은 하루키가 취미로서 마라톤을 했다면 윤종신은 일을 마라톤처럼 한 사람이라는 것이다. 그는 2010년부터 '월간 윤종신'이라는 제목으로 매달 한 곡씩 쉬지 않고 발표하고 있다. 올해가 2018년이니 거의 9년이나 한 번도 빼먹지 않고 작업한 것이다. 그 끈기가 놀라울 따름이다. 진정 감탄할 만한 점은 일을 대하는 그의 자세다. 인터뷰에서 '언젠가 숙제처럼 느껴지게 되면 그만해야죠'라는 그의 말에 무릎을 탁 치고 말았다. 그렇다. 숙제는 왜 이렇게 싫단 말인가.

글을 쓰기 위한 나의 여정

취미로 쓰던 글을 출판사와 계약한 이후부터 숙제처럼 느낄 때가 있다. 오늘도 글을 쓰기 위한 나의 여정은 길었다. 우선 빨래를 걸고 냉장고에 있던 레토르트 된장국을 꺼냈다. 유통 기한이 지나면 안 되니까. 유통 기한을 보니 6개월이 남았다. 하지만 꺼낸 김에 먹어야 하지 않겠는가. 식사 후에 설거지하고 수채통을 비웠다. 그리고 옷을 입고 나가 음식물 쓰레기를 버리고 왔다.

어젯밤에 잠들기 전부터 오늘은 종일 글을 쓰겠다고 결심했다. 하지만 정작 노트북 전원을 켠 것은 오늘이 채 몇 시간 남지 않았을 때였다. 그 와중에도 일단 유튜브에 접속해서 음악을 틀었다. 평소에는 신경도 쓰지 않던 스팸 메일함을 비우고 나서야 워드 프로세서를 켰다. 그러고 나서도 두 손을 모아 턱을 괴고 깜빡이는 커서를 한참 동안 노려봤다. 문득 지저분한 손톱이 눈에 들어왔다. 손톱깎이를 어디다 뒀더라.

시험공부 vs. 책상 정리

중요한 일과 사소한 일 중에 어떤 것을 먼저 해야 할까. 상식적으로는 중요한 일을 먼저 하는 게 당연하게 여겨진다. 그런데 우리는 중요한 일을 앞두고 사소한 일을 먼저 하는 경향이 있다고 한다. 예컨대, 시험공부를 앞두고 책상 정리를 하는 식이다. 이는 게으름과는 또 다르다. 이것저것 분명히 바빴는데 중요한 일은 시작도 못한 채 하루가 다 가버릴 때가 있다.

흔히 중요한 일은 어렵고, 오래 걸리고, 공을 들여야 한다. 반면, 사소한 일은 당장에 해치울 수 있다. 이처럼 중요한 일을 앞두고 사소한 일에 시간을 소비하는 이유는 뇌의 보상 체계 때문이다. 뇌는 시간이 오래 걸리는 보상보다 즉각적인 만족을 좇는다고 한다. 즉, 눈앞의 쉬운 일을 처리하며 작은 성취감을 느끼는 것이다. 그런데 평소에는 사소한 일도 귀찮아하면서 왜 굳이 중요한 일을 앞두고 사소한 일에 대한 의욕이 샘솟을까.

가장 중요한 것

문제는 중요한 일을 숙제로 받아들이는 마음가짐 때

문이 아닐까 한다.

"오늘은 해내고 말겠다."

늘 욕심이 과하게 앞서지만 정작 어디서부터 손대야 할지 막막해지기 쉽다. 그러다 보니 무의식적으로 성취감에 목마르게 되고 사소한 일로나마 성취감을 얻으려는 것일지도 모르겠다. 윤종신은 음악을 거창하고 대단한 일이 아닌 생활처럼 하겠다는 생각에 '월간 윤종신'을 시작했다고 한다. 매일 아침 이를 닦고 샤워를 하는 것처럼 음악을 생활로 만들겠다는, 즉 숙제로 만들지 않겠다는 자세에서 그의 현명함을 엿볼 수 있다. 그러고보면 나는 지금 깜냥도 없으면서 거창한 글을 써내겠다고 숙제를 하듯 끙끙대고 있는 것 같다.

다시 하루키로 돌아가서 나한테 매일 한 시간씩 달리고 대여섯 시간씩 글을 쓰라고 한다면 한 달도 안 돼서 몸져누울 것이다. 그가 부러운 이유는 사실 체력도, 작품도, 인기도 아니다. 그의 성격이다. 이럴 때 보면 성격도 재능이다. 추측건대, 그는 그 삶이 편했을 것이다. 그렇지 않고서야 어떻게 40년을 지속한단 말인가. 지금 내게 필요한 것은 내게 가장 편한 글쓰기 방법을 배우는 일이다. 역시 가장 중요한 것은 포기하지 않는 거니까.

왜 수영이 필요할까

인간은 하늘을 날 수 없지만 물에서는 날 수 있다. 더운 날 물속에 첨벙 뛰어드는 것만큼 기분 좋은 일도 없다. 수영은 나에게 오랜 숙원 사업이었다. 배우고 포기하기를 반복하다 본격적으로 시작한 지 반년 정도됐다. 이제 겨우 평형을 뗐고 자유형도 아직은 어설프다.

요즘은 접영 발차기를 배우고 있다. 접영 발차기는 돌고래처럼 두 발을 모아서 찬다고 해서 '돌핀 킥'이라고도 부른다. 아직 배우는 단계이지만 돌핀 킥을 해보면 진짜 돌고래가 된 것처럼 느껴지기도 한다. 그러고 보면 우리 몸의 구조는 수영을 하기에 딱 적합해 보인다.

수생 유인원 이론

이런 인체 구조를 바탕으로 인류의 조상이 물에서 생활했다고 주장하는 수생 유인원 이론Aquatic Ape Theory이 있다. 다른 유인원에 비해 털이 적고 몸이 유선형인 이유는 물속에서 움직이기 쉽게 진화한 결과라는 설이다. 걸음마도 못 뗀 아기가 물에 들어가면 자연스럽게 수영한다는 점을 생각해보면 꽤 흥미롭고 일면 타당해 보이는 이론이다.

이족 보행 또한 물에 적응하기 위한 동작에서 진화한 것이라고 한다. 물에서 머리를 내밀고 호흡하기에 편하기 때문이다. 원시 인류의 수영법은 미국과 호주 대륙 원주민의 수영에서 그 형태를 추측해볼 수 있다고 한다. 이것이 바로 오늘날 자유형의 대명사가 된 '크롤'이다.

크롤 영법

16세기까지만 해도 유럽에서 대표적인 영법은 평영, 배영, 횡영 그리고 개헤엄이었다고 한다. 크롤 영법은 1844년 런던에서 열린 수영 대회에 참가한 두 명의 북아메리카 원주민을 통해 유럽에 처음 알려졌다. 이들은

평영을 한 영국 선수들을 제치고 1, 2위를 차지했다. 당시 유럽인은 크롤 영법을 두고 야만적이라고 하며 거부감을 드러냈다고 한다. 이름에서부터 이를 알 수 있는데, '크롤'은 짐승이 네발로 기어가는 모습을 일컫는 단어다.

그로부터 오랜 세월이 흘러 미국의 수영 선수인 찰스 대니얼스가 오늘날의 크롤 영법을 완성했다. 그는 이 영법으로 1904년과 1908년 올림픽 자유형 종목에서 7개의 메달을 휩쓸었다. 그때부터 영법 중 가장 빠르다고 평가받는 크롤 영법이 자유형의 대명사가 됐다고 한다. 보수적인 유럽과 달리 원주민의 수영법을 빠르게 받아들인 미국과 호주는 오늘날까지 수영 강국으로 군림하고 있다.

수영의 암흑기

인간이 늘 수영과 가까웠던 것은 아니었다. 수영도 암흑기가 있었다. 중세 유럽에선 벌거벗은 몸을 죄악으로 여기는 종교의 영향으로 오랫동안 수영을 경원시했다. 그뿐만 아니라 말라리아 등 오염된 물로 인한 질병의 원인이 마녀와 같은 초자연적인 힘 때문이라는 미신까지 퍼지면서 16세기 중반까지 수영 자체를 금지한 나라가 많았다고 한다.

수영에 대한 인식은 르네상스 시대에 들어 바뀌기 시작했다. 대항해 시대가 시작되면서 수영의 가치가 급부상했다. 18세기에 이르러 수영은 오락과 스포츠로서 재발견됐다. 1896년 올림픽이 부활하면서 수영은 육상과 더불어 가장 중요한 종목이 됐다. 실제로 수영은 하계 올림픽에서 육상 다음으로 많은 금메달이 걸린 종목이다.

생존 수영

외국에 나가서 보면 바다나 수영장에서 머리를 내놓고 수영하는 사람이 그렇게 부러울 수가 없었다. 소위 '리조트 수영'으로 부르기도 하는 영법이다. 이는 내가 수영을 배우게 된 계기이기도 하다. 머리를 내놓고 수영하는 영법은 미국이나 유럽에서 실시하는 생존 교육 덕분에 널리 알려졌다고 한다. 어렸을 때 수영을 배우고 안 배우고에 따라 물과 관련된 사고 발생률의 차이가 크다. 실제로 미국에서는 흑인 아동의 익사율이 백인보다 세 배나 높다는 점에 주목하고 저소득층 지역 학교를 중심으로 수영 생존 교육을 강화하고 있다.

일본은 1955년에 수학여행 중이던 배가 침몰하면서 100여 명이 사망한 사고가 난 후 전국 초등·중학교에 수영장 설치 및 수영 교육 의무화를 추진했다. 우리나라도 세월호 참사 이후 초등학교 생존 수영 의무 교육을 하고는 있지만 시설과 예산이 부족하기에 아직은 어려움이 많다고 한다. 하지만 그로 인해 단 한 명이라도 더 살 수 있다면 그보다 더 가치 있는 일이 있을까 하는 마음가짐으로 시행착오를 극복해나가야 할 것이다.

'어차피 이건 사야 해요'라는 말에 혹해서 한 보드게임을 샀다. 게임의 배경은 지금으로부터 300년 후의 미래다. 지구의 자원이 바닥나서 화성을 인간이 살 만한 행성으로 개조하는 것이 게임의 스토리다. '머지않아 여기를 고향이라고 부르는 생명들이 태어날 것입니다'라고 쓰인 상자 겉면의 문구는 SF 팬의 마음을 들뜨게 하기에 충분했다.

　혼자서도 즐길 수 있지만 서너 명이 즐길 때 가장 재미있다고 한다. 각각의 플레이어는 지구에서 온 대기업의 총수가 되어 화성 지구화 사업을 진행한다. 주사위는 없지만 순서대로 돌아가며 게임을 진행한다. 열에너지로 기온을 높이거나 지하수를 이용해 바다를 만들고 녹지를 조성해 산소 농도를 높이는 것이 게임의 목표다. 보드게임이 도착한 날 친구와 둘이서 하다 보니 네 시간이 순식간에 지나버렸다.

과학이 재미있을 수 있다니

플레이어는 특정 행동을 할 수 있는 카드를 받는다. 예컨대, 생명체 탐지라는 카드를 사용하면 아직 나눠주지 않은 카드 더미에서 맨 위의 한 장을 뒤집어볼 수 있다. 뒤집은 카드가 미생물 관련 카드라면 점수를 얻는다. 화성에서 생명체를 발견한다는 설정이다. 과학이 이렇게 재미있을 수 있다니.

게임의 승리 조건 중 하나인 산소 농도 14%는 지구에서 해발 3,000m에 위치한 몇몇 도시의 산소 농도와 비슷하다고 한다. 게임의 제작자는 스톡홀름대학교에서 화학 박사 학위를 취득했다고 하는데, 좋은 SF가 그렇듯 게임은 현재의 과학 기술을 바탕으로 상상의 나래를 펼치게 해준다.

시간을 채우다

평소에 보드게임을 즐겼냐고 묻는다면 딱히 그렇지는
않다. 여태 해본 보드게임이라고는 중학생 때 친구와 하
던 '블루 마블'이 전부였다. 그 당시 보드게임이라 하면
컴퓨터나 TV가 없는 곳에서 시간을 죽이기 위해 하던
것이었다.

시간이 남아 주체를 못하던 어린 시절과 달리 나이가
들수록 남는 시간이 소중해진다. 이 나이 먹고 보드게임
을 하는 것에 변명을 더하자면 시간을 죽이기 위해서가
아니다. 가치 있는 콘텐츠를 즐기며 시간을 살리고 싶어
서다.

146

내용과 그릇

지루함은 허기와 닮았다. 무엇으로 채워야만 해소할
수 있다. 이 허기를 채워주는 것이 콘텐츠다. 몸에 좋고
나쁜 음식이 있듯 콘텐츠에도 분명 좋고 나쁨이 있다.
그런데 어떤 이는 단순히 콘텐츠를 전달하는 매체를 잣
대로 시간을 죽였느냐, 잘 채웠느냐를 구분하기도 한다.

콘텐츠의 종류로 여가의 질을 가늠하는 사람들은 과
거 위인의 예를 들며 다른 일로 시간 낭비하지 말고 책
을 읽으라고 충고할지도 모르겠다. 하지만 위인이 살던

당시에는 콘텐츠를 전달하는 방식이 책밖에 없어서였던 거 아닐까.

진짜 시간 낭비

유명 게임의 개발자가 게임의 스토리는 포르노의 스토리와 같다고 말하던 시절도 있었다. 하지만 시대가 바뀌면서 업계의 경쟁이 과열됐고, 각 게임 업체는 소비자를 끌어모으기 위해 하위문화로만 여겨지던 콘텐츠들의 서사적, 예술적 가치를 필연적으로 높이게 됐다. 쉽게 말해, 좋은 책에서 얻을 수 있는 새로움을 게임이나 만화책에서도 찾을 수 있게 됐다.

장르에 대한 거부감 때문에 시도해보지 않는 것 또한 다른 의미의 시간 낭비 아닐까. 여가의 질을 따지는 데 있어 콘텐츠의 종류는 상관없다고 믿는다. 더는 새로움을 느낄 수 없는 일을 반복하는 것이야말로 시간을 죽이는 일이다.

왜 음악이 필요할까

살면서 음악을 듣지 않은 날을 꼽자면 훈련소에서 훈련 받던 며칠밖에 없을 듯하다. 매일 아침 현관문을 나서면 이어폰을 귀에 꽂는다. 사무실 의자에 앉아서 가장 먼저 하는 일도 유튜브에서 구독해놓은 음악을 재생하는 것이다. 의식적으로 듣지 않아도 TV를 켜면, 거리를 걸으면, 카페나 식당에 들어가면 음악이 흘러나온다.

숨 쉬고 있다는 사실을 잊고 살듯 너무 자연스러운 나머지 잊고 사는 것들이 있다. 음악을 듣는 일이 그렇다. 그래도 숨을 쉬는 이유는 학교에서 배워 알고 있다. 반

면, 인간에게 음악이 필요한 이유에 대해서는 고민해본
적이 없다. 당연히 존재하는 것처럼 여겨왔다.

왜 들을까

취향에 맞지 않을 경우 음악은 소음에 불과하다. 그뿐
만 아니라 좋아하는 음악도 상황에 따라 듣기 싫을 때가
있다. 즉, 사람들은 각자의 취향과 상황에 맞춰 음악을
선택한다. 나 또한 기분을 가라앉히고 싶을 때, 일을 빨
리 쳐내야 할 때, 설거지가 정말 하기 싫을 때 듣는 음악
이 다르다.

소리굽쇠가 공명하듯 적절한 음악은 감정의 떨림을
증폭한다. 이별하고 슬픈 노래를 들을 때 눈물이 쏟아지
는 이유다. 퇴근길에 감성적인 음악을 들으며 차창 너머
로 지는 석양에 감동하기도 한다. 음악은 일상의 평범한
순간을 아름답게 만들어준다. 밀린 설거지를 하면서도
콧노래가 나오게 하는 것이 마법이 아니고 무엇이란 말
인가. 음악을 듣는 이유를 꼽자면 수백 가지가 넘을 것
이다.

왜 필요할까

음악은 육체와 정신에 긍정적인 영향을 미친다. 하지

만 이것만으로 인간에게 음악이 필요한 이유를 완전히 설명할 수는 없다. 음악은 삶을 풍요롭게 하지만 생존에 직결한 문제는 아니기 때문이다. 문화를 필요의 차원에서 따지는 것이 어리석은 일일지도 모른다. 그런데도 인간에게는 음악이 필요하다고 믿는다. 그 이유는 음악이 원래 듣는 것뿐만 아니라 하는 것이었다는 데 있다. 문명의 손이 닿지 않은 원시 부족의 집단 음악을 생각해보라.

아이가 부모의 육체에서 뻗어 나온 연장선이라면 음악은 정신의 연장선이다. 모든 예술이 그렇듯 음악은 보이지 않는 내면세계를 세상으로 내보이는 수단이다. 세상이 전문화되며 직업으로서 음악가가 생겨났고, 삶이 바쁘다는 핑계로 악기를 다루는 일이 무언가 특별한 일처럼 여겨지게 됐다. 현대인들에게 있어 음악을 하려는 욕구는 이제 흔적 기관처럼 남아 가끔 노래방에서만 표출될 뿐이다.

워크 라이프 밸런스

어렸을 때는 뮤지션이 되고 싶었다. 중·고등학교 때까지 기타를 치며 꿨던 꿈이다. 어느 순간 내가 가진 한 줌도 안 되는 재능에 인생을 거는 게 두려워졌다. 안정적인 직장을 가지면 내가 하고 싶은 것이 음악이든 뭐든

할 수 있을 것이라 생각했다. 내가 선택한 '워크 라이프 밸런스'는 그런 것이었다.

제대하고 나서는 하모니카를 배우고 재작년에는 1년 동안 카혼과 젬베 개인 지도를 받았다. 그때 직장인 밴드 커뮤니티에서 연이 닿은 사람과 잠깐 밴드 연습을 하기도 했는데, 각자의 일이 바쁘다는 핑계로 두 달도 안 되어 흐지부지되고 말았다. 아쉬울 것은 없었다. 취미로 하는 밴드야 언제든 다시 할 수 있으니까. 음악에 대한 나의 열정은 딱 거기까지였다.

워크 이즈 라이프

반면, 동생은 음악의 길을 걷기 위해 음대에 진학했고 이제는 각종 음원 사이트에 자신의 이름을 걸고 앨범을 내놓는 어엿한 프로 뮤지션이 됐다. 프로가 됐단 말은 살아남기 위해 연습해야 한다는 뜻이다. 밤새도록 연습하다 아침에 쓰러져서 잠드는 날의 연속이다. 게다가 늘 안테나를 세우고 살아야 한다. 영화를 보다가, 밥을 먹다가, 친구와 다투다가 등 언제 영감이 떠오를지 모를 일 아닌가. 동생이 선택한 길은 '워크=라이프'다.

불안정한 수입과 창작의 고통. 세상에 없던 것을 만드는 일은 천국과 지옥을 오가듯 기쁨과 좌절을 반복해야 하는 길이다. 이런 어려운 길에 자신의 젊음을 거는 용기가 진짜 재능이 아닐까 싶다. 현실을 깨부수는 노력과 운은 나중 일이다. 나는 그저 관중석에 앉아 그 용기에 감탄할 뿐이다. 용기 있는 사람에게 천국이 찾아오길 진심으로 바란다.

153

회사가 사무실을 광화문 위워크로 옮겼다. 세상에서 가
장 귀한 시간이 날마다 20분씩이나 출퇴근 시간으로 차
출되게 생겼다. 이 시간에 책을 읽거나 생산적인 활동을
할 수 있다면 아깝지 않겠지만, 도착했을 때부터 만원인
버스에 몸을 구겨 넣으면 주머니에 있는 핸드폰을 꺼낼
수조차 없다.

　만원 버스를 타면 사무실에 도착하기도 전에 진이 다
빠진다. 게다가 야속하게도 버스 배차 간격이 길어서 코
앞에서 버스를 놓치면 20분은 족히 기다려야 한다. 지난

목요일에는 종로 1가 정류장에서 내려서 사무실까지 약 600m를 쉬지 않고 달렸다. 조깅한 것은 아니고, 지각을 면하기 위해서였다.

상습 지각범

그전 사무실에 있을 때는 보통 9시 반에서 10시 사이에 출근했다. 말 그대로 상습 지각범이었다. 하지만 야근할 때도 많았으므로 양심의 가책은 없었다. 사무실을 광화문으로 옮기면서 새로 온 팀장은 출근 시간을 9시 반으로 못 박았다. 가뜩이나 멀어졌는데 적응하기 힘들었다. 2분만 늦어도 잔소리를 들어야 했다. 하지만 팀장은 일이 없을 때는 5시도 안 됐는데 퇴근하라는 말을 했다. 그쯤되니 정시 출근을 안 지키려야 안 지킬 수가 없었다.

광화문으로 출근하는 것만으로 내 삶은 바뀌고 있다. 좋은 쪽인지 나쁜 쪽인지 아직 잘 모르겠다. 내가 원해서 바뀌는 것이 아니란 점은 분명하다.

앉으면 눕고 싶다

회사가 정해놓은 퇴근 시간은 오후 6시 반이었다. 새로운 팀장이 오기 전에는 일이 없어도 퇴근 시간까지 미적거릴 때도 있었다. 그것도 고역이었다. 출근의 여유와 조기 퇴근을 저울질해보면 무엇이 더 좋은지 선뜻 답이 나오지 않는다. 야근의 저주에 걸린 이는 그게 무슨 배부른 소리냐며 욕할지도 모르겠다. 하지만 정시 출근은 내게 그만큼 쉽지 않은 일이다.

이전 회사를 그만둔 가장 큰 이유가 아침 8시 반 정시 출근 때문이었다. 그래서 비교적 자유로운 분위기의 지금 회사로 옮겼다. 그런데 서면 앉고 싶고 앉으면 눕고 싶다더니 편한 것에 대한 탐욕은 끝이 없나 보다.

사무실로 돌아오거나, 회사를 떠나거나

출근이 이토록 힘든데도 굳이 출근해야만 할까. 언뜻 생각해보면 대부분의 업무는 전화나 메일로 처리할 수 있다. 회의가 필요할 때는 화상 회의를 하면 된다. 하지만 이런 제도의 합리성을 인간이 따라가지 못했다.

지난해 IBM의 재택근무제 폐지는 세계적으로 큰 파문을 불러왔다. 재택근무제 폐지의 이유는 경영진이 매출 부진의 원인 중 하나로 재택근무제를 꼽았기 때문이다. 1992년부터 시행한 재택근무제를 통해 전체 직원의 거의 절반에 달하는 약 15만 명이 사무실 밖에서 일했다고 한다. 수십 킬로미터나 떨어진 지사 사무실로 복귀

하란 말은 사실상 퇴사 통보나 다름없어 보인다. 컴퓨터 부속을 갈아 끼우듯 직원들도 갈아 치우면 된다고 생각하는 걸까.

Do what you love

개인적으로는 효율을 따지기에 앞서 집에서 느끼는 아늑함을 지키기 위해서라도 일과 삶의 터를 나눠야 한다고 생각한다. 일터에 오면 일을 위한 자세가 갖춰지는 것이 좋고, 쉼터에서는 뼛속까지 드러눕는 것이 좋다. 이를 위해서는 공간뿐만 아니라 시간 또한 분리돼야 한다. 아쉽지만 이런 점에서 출근 시간과 퇴근 시간이 필요하다. 하지만 매일 아침 벌어지는 일과 삶의 절개 수술은 익숙해지지 않고 늘 아프다.

위워크 입구에는 'Do what you love'라는 말이 쓰여 있다. 사실 놀이터에나 어울리는 말이다. 하지만 나는 스스로에게 주문을 건다.

'나는 사랑하는 일을 지키기 위해 출근한 것이다.'

이 문구를 볼 때마다 침대맡에 앉아 느긋하게 마시던 따뜻한 라테가 그립다. 행복은 왜 회사에서 멀리 있을까.

왜
놀
기
위
해

살
까

지능 지수, 감성 지수처럼 놀이와 관련된 지수가 있다면 행복 지수가 아닐까 생각해본다. 행복이야말로 일과 놀이의 가장 큰 차이다. 일은 행복하지 않아도 해야 하지만 놀이는 행복하지 않으면 할 수 없지 않은가.

　일에서 행복을 느끼는 사람도 있다고 한다. 물론 나도 일할 때 행복을 느낀다. 하지만 놀기 위해 사는지, 일하기 위해 사는지 묻는다면 답은 분명하다. 나는 놀다가 죽고 싶다. 하지만 놀기만 할 수는 없다. 사고 싶은 것, 먹고 싶은 것, 가고 싶은 곳이 있기 때문이다. 그렇다. 나는 놀기 위해 일한다.

실패 불감증

앞으로 6개월의 시한부 인생이 남았다고 가정해보자. 적어도 상상은 공짜이니 말이다. 인생의 마지막 6개월 동안 놀 것이냐, 일할 것이냐 중에서 무엇을 고를 것인가. 6개월 동안 일만 하다 죽는 대신 역사에 이름을 남길 만큼 큰 업적을 보장한다면 일을 선택하는 사람도 있을지 모르겠다. 하지만 내가 죽고 이름이 남아봤자 무슨 소용인가. 고흐든 슈베르트든 이미 죽은 사람이다.

현실은 평생을 한 우물만 파도 역사에 흠집 하나 내기 힘들다. '나도 할 수 있다'라고 믿는 것은 실패 불감증일지도 모른다. 수명을 건 도박에서 나는 보다 확실한 행복을 선택하고 싶다.

계급의 잔재

다행히 모두가 나 같은 선택을 하지 않기에 문화는 발전한다. 마루야마 겐지가 쓴 수필집 《소설가의 각오》에는 영화를 찍고 있다는 행위에 도취한 나머지 결과물에는 무책임한 감독을 비판하는 구절이 있다. 쉽게 말해, 일은 취미가 아니라는 뜻이다.

그런데 이런 생각은 계급 사회의 잔재이기도 하다. 귀족들이 하는 일은 주로 삼시 세끼 밥을 먹는 일이었다. 날 때부터 가치 있는 존재였기 때문이다. 반면, 장인, 예술가 등은 일을 통해 본인의 가치를 입증해야만 했다.

일이 즐거울 수 있을까

모든 인간이 평등한 세상이라면 직업으로 사람의 귀천을 가늠하지 말아야 한다. 하지만 현실은 그렇지 않다. 치과 의사와 환경미화원이라는 두 직업을 예로 들어보자. 어찌 보면 냄새나는 대상을 온종일 들여다본다는 점에서 이 두 직업은 비슷한 맥락의 일을 하는 것으로 볼 수 있다. 하지만 많은 사람들이 치과 의사라 하면 치대를 졸업한 '스마트'한 사람들만 할 수 있는 전문직으로 높이 사고, 환경미화원은 어디 말하기 부끄러운 소위 '급이 낮은' 직업이라는 선입견을 가지고 있다.

과거의 사고방식을 따르면 일은 과정보다 결과가 중요했다. 일하는 과정에서 노동자가 느끼는 감정은 그다지 중요하지 않았다. 지금은 계급 사회와 비교해 진로 선택이 비교적 자유로운 시대가 됐다. 따라서 일을 선택할 때 일하는 과정이 즐거울 수 있는지 또한 중요해졌다. 그러다 보니 꿈이라는 말이 생겨났다. 우리 세대에게 꿈이란 단어는 삶의 무게를 조금이나마 덜어주는 진통제 역할을 한다.

꿈이라는 진통제

꿈이라는 단어에 의지해도 살기 힘든 것은 매한가지다. 그런데 왜 꿈은 삶의 고통을 잊도록 해줄까. 꿈이 현실에서 도피하도록 해주기 때문에? 아니다. 꿈은 오히려 현실을 똑바로 보게 해준다. 꿈이 명확하면 현실도 명확해진다. 갖고 싶은 장난감을 사기 위해 저금통에 동전을 모으는 아이처럼 꿈은 이상과 현실의 거리를 가늠하고 자신이 할 일을 알게 한다.

자신보다 낮은 곳에 위치한 꿈은 없다. 모든 것을 내려놓고 시골로 내려가 살고 싶다는 꿈 또한 삶에서 더 소중한 것을 위해 중요하지 않은 것을 버릴 수 있게 되기를 갈망하는 꿈이다. 이처럼 꿈은 언제나 당장은 닿을 수 없는 곳에 있다. 이삭 줍던 농부가 하늘을 올려보듯 꿈을 향해 굽었던 허리를 펴본다.

Part 3

감 정 에   대 한   감 성

문득 SNS 게시물을 위해
그 순간의 기쁨을
희생하진 않았는지 두려워진다.
언제부터 남의 좋아요가
내가 좋은 것보다 중요했던가.

왜 음식 사진을 찍을까

나날이 최저 기온을 갱신하던 겨울 어느 날 밤 집에 오니 일본식 냄비 요리가 정성스레 차려져 있었다. 배추와 돼지고기를 한 겹씩 포개 가운데에 표고버섯을 올린 그 요리는 프랑스어로 천 겹의 잎사귀라는 밀푀유와 일본어로 냄비를 뜻하는 나베를 합친, 이름해서 밀푀유 나베였다. 이름만큼이나 놀라운 음식과 정성에 울컥하며 숟가락을 들다 국물보다 욕을 먼저 먹었다.

그놈의 사진. 사진 안 찍느냐는 등쌀에 시달리면서도 늘 무자비하게 숟가락부터 푹 꽂는다. 나에게 스마트폰

카메라는 필기하기 귀찮을 때나 쓰는 것이다. 음식을 앞에 두고 사진 찍기란 도무지 익숙해지지 않는다. 도대체 우리는 왜 음식 사진을 찍을까.

찍자 대 먹자

음식을 대하는 자세는 찍자와 먹자로 갈린다. 찍자와 먹자가 함께 음식 사진을 찍는 꼴은 마치 오랜 짝사랑 같다. 한쪽이 애가 타든 말든 아랑곳없다. 먹자로서 안타까운 점은 사진 찍을 때가 한창 배고플 때라는 것이다. 패스트푸드 나오는 것도 기다리기 버거워하는 우리가 파블로프의 개처럼 음식 앞에서 침만 흘려야 하다니.

사진에 공들이다가는 맛있을 때를 놓치기 쉽다. 까딱하면 함께 밥 먹어주는 사람도 놓칠 수 있다. 옆자리에서 터지는 플래시와 셔터 소리에 꿈만 같은 저녁이 악몽으로 바뀐다. 하지만 시끄럽게 책장을 넘기는 몇몇 때문에 독서가 민폐라고 할 수 없듯 음식 촬영 자체를 욕할 게 아니라 일부의 무개념을 문제 삼아야 한다.

자랑 대 저장

국립국어원은 먹스타그램을 2014년 신어로 선정했다. 먹스타그램을 검색하면 5,000만 개가 넘는 게시물이 나

166

온다. 이런 먹스타그램에 반대하며 사진 금지 푯말을 세우는 셰프도 생겨났다. 그들은 먹스타그램이 요리에 대한 지적 재산권 침해일 뿐만 아니라 일종의 스포일러라고 주장한다. 타지마할을 직접 본 후 사진이 더 낫다고 생각하는 것처럼 먹스타그램은 셰프에게 양날의 칼일 수 있다. 사진 때문에 손님들이 식당을 찾아갈 수 있지만, 사진 때문에 손님들의 감흥이 떨어질 수 있다는 점에서 말이다.

하지만 먹스타그램이 음식 촬영의 유일한 목적은 아니다. 자랑하고 싶어 찍는 사진과 저장하고 싶어 찍는 사진은 엄연히 구분돼야 마땅하다. SNS에 올리지 않더라도 음식 사진이 찍고 싶을 때가 있다. 순간을 저장하고 싶은 마음에서다. 사진은 그 순간과 지금을 이어주기 때문이다.

음식과 기억은 사라진다

음식을 먹으면 사라지듯 기억은 까먹으면 사라진다. 잃고 싶지 않다면 기록하는 수밖에. 사진으로 맛과 향을 남길 수 없지만 그럼에도 사진을 찍는 이유는 순간의 감동을 기록하고 싶은 부분도 크다.

우리는 오로라에 감탄하는 여행자처럼 맛보기 힘든

음식 앞에 카메라를 든다. 때로는 한마디 위로 같은 소박한 밥상을 사진에 담는다. 음식이 아닌 감동을 찍는 것이다. 그 순간을 함께한 사람 그리고 그 순간에 느낀 감정까지 언젠가 희미해질 기억을 선명한 데이터 안에 붙들어본다.

음식 앞에 네가 있었다

찍어놓은 음식 사진을 보며 최근의 여유를 가늠한다. 추억하고 싶은 하루가 있었다는 사실. 그런대로 잘 먹고 잘 살고 있다는 위안. 아직은 카메라보다 숟가락을 먼저 드는 게 익숙하지만 먹기 전에 음식 사진부터 찍을 날이 더 많아지길 바란다.

밀푀유 나베 사진을 보며 그 겨울밤을 추억한다. 배추에서 우러나온 달금하고 시원한 국물과 레몬 향기 나는 비법 간장 소스에 찍어 먹던 고기. 몹시 추운 날이었기에 따뜻한 국물이 세포 하나하나를 데워주는 느낌이었다. 그리고 그 앞에 네가 있었다. 냄비를 싹 비운 후에도 우리는 한참 동안 이야기를 나눴다. 분명 시답잖은 이야기였을 테지만.

지난봄 비염 수술을 받으러 병원을 찾았다. 의사는 코 상태를 보며 숨을 어떻게 쉬었을까 의아해했다. 어떻게 쉬긴… 입으로 쉬었지. 알레르기 검사에서는 무려 12종의 양성 반응이 나왔다. 그중 하나가 고양이 털 알레르기였다. 같이 산 게 몇 년인데 고양이 털 알레르기라니. 함께한 햇수를 꼽아보며 고양이가 이미 떠나고 없는 집으로 돌아왔다.

　물루라는 고양이를 사랑한 장 그르니에는 '사람을 싫어하는 이들과 이기주의자들은 고양이를 좋아한다'라고 했다. 남들은 어떨지 모르지만 나는 그 말에 깊이 공감했다. 타인 앞에서 수전노처럼 감정을 꿍쳐놓기만 하는 내가 고양이 앞에서는 아이돌 손 한번 잡아보려는 팬의 심정으로 사랑을 바쳤다. 이처럼 우아하게 남의 사랑을 받아내는 생물이 또 있을까. 나는 왜 고양이처럼 태어나지 않았을까.

평면 TV라서 미안해

배만 하얗고 다른 곳은 황색과 검은색으로 얼룩덜룩한 일명 '삼색이' 고양이. 녀석이 우리 집에서 가장 먼저 한 일은 미리 준비해둔 배변용 모래에 오줌을 눈 것이다. 훈련을 시키지도 않았는데 새끼손가락 마디 하나만 한 발로 모래 위에서 사부작거리는 꼴이 신기했다.

"가을에 데려왔으니 가을이 어때?"

고양이를 들이는 일을 탐탁지 않아 했던 엄마가 손바닥만 한 녀석을 보고 마음이 누그러져 말했다. 낙엽이 내린 듯한 털 색깔과 사뭇 어울리는 이름이었다.

큰 쥐만 하던 가을이는 어느새 새끼 호랑이만큼 커졌다. 군말이 아니라 집에 오는 손님마다 웬 호랑이가 있냐며 놀랐다. 시간대별로 집 안의 따뜻한 곳을 순례하던 가을이는 주말 저녁 예능으로 달아오른 브라운관 TV

위에 드러눕기도 했다. 가끔 화면 위로 척 하고 꼬리를 내릴 때면 우리 가족은 외쳤다.

"야, 꼬리 치워!"

녀석이 지금 우리 집 거실에 있는 평면 TV를 보면 적잖이 실망할 것이다.

집사 겸 침대

평소에 사료 먹을 때 아작아작하고, 모래로 볼일 덮을 때 사락사락하는 것 외에는 소리라고는 내지 않는 녀석이었다. 가을이는 늘 불러도 대답이 없었다. 그렇기에 가을이가 내 옆에 와 있으면 내가 불러서 온 건지, 지나가다 들린 건지 알 길은 없다.

집사들은 고양이가 자신의 무릎 위에 앉는 것을 은총이라 여긴다. 하지만 나는 집에서 주로 누워 지내는 편이라 가을이는 내 무릎이 아닌 가슴팍에 앉아서 졸곤 했다.

가을이의 낮잠에는 한 치의 부끄러움도 없었다. 그 당당한 게으름이 부러웠다. 낮이 긴 여름이면 가을이는 시원한 베란다 타일에 엎드려 온몸으로 태양을 맞이했다. 눈을 지그시 감고 입을 앙다문 모습은 마치 열반에 이른 고승이 세상의 시름을 볕에 말리는 것 같았다.

애정의 균형 감각

가을이는 사랑을 받는 것만 익숙했던 어린 나에게 사랑을 주는 일 또한 황홀하다는 것을 가르쳐줬다. 분명 가을이도 나를 좋아했을 것이라 믿는다. 가족 중에서 내가 그나마 가을이와 가까웠기 때문이다. 지독하게 자기밖에 모르면서 남의 사랑을 받아내는 신묘한 애정의 균형 감각을 보며 생각했다. 우리는 왜 고양이처럼 살 수 없을까. 역시 외모가 중요한 걸까.

가을이를 보면 진정 자기를 사랑하는 존재만이 보일 수 있는 표정이 뭔지 알 수 있었다. 타인의 애정에 고마워하되 목말라하지 않는 우아함. 묵묵히 자신에게 몰두함으로써 남의 가슴 깊은 곳에서부터 애정을 끌어내는 고고함. 다른 사람의 눈치를 살피며 인정과 애정에 울고 웃는 지금의 내 모습은 개와 같다. 개한테 미안한 말이지만 고양이 같은 얼굴이 갖고 싶다.

가을이 갔다

나는 가을이가 일곱 살이 되던 해 군대에 갔다. 가족은 내가 군대를 다녀올 동안 외할머니 댁에 가을이를 맡기기로 했다. 할머니 댁은 담으로 둘러싸인 작은 마당이 딸린 단독 주택이었다. 할머니 말씀으로는 가을이가 온

날 온 동네 고양이들이 집 근처를 기웃거렸다고 한다.
그리고 얼마 지나지 않아 환기를 위해 열어놓은 거실 창
문 사이로 나간 가을이는 다시 돌아오지 않았다.

첫 휴가 나온 날 이 소식을 전해 들었다. 군대 첫 휴가
를 어떻게 보냈는지 하나도 기억나지 않는다. 가을이가
사라진 지 10년이 다 돼간다. 하지만 지금도 몹시 추운
날이면 집 나간 가을이 생각이 난다.

175

생선 가시 같던 나뭇가지에 살이 차오른다. 낮의 길이
가 바뀌는 것을 알아챈 나무 속 단백질이 꽃을 재촉한
다. 이 옅은 분홍빛 살 냄새에 온 땅이 열병에 시달린
다. 불필요한 사랑에 빠지고 싶지 않다면 벚꽃을 피하
는 게 좋다.

　연인이라 하기엔 아직은 조금 뭣한 한 쌍의 남녀가 공
원 의자에 앉아 있다.

　"저기."

　"저기요."

둘이 동시에 외쳐서일까. 벚꽃 한 잎이 놀라 떨어진다. 여자는 남자의 손바닥에 내려앉은 꽃잎을 집으며 웃는다. 두 사람의 머리 위로 벚꽃 구름이 흔들린다. 경고하자면 메타포는 위험하다. 밀란 쿤데라에 따르면, 메타포 하나에도 생겨나는 것이 사랑이다.

참을 수 없는 벚꽃의 가벼움

피복이 벗겨진 전선 두 개가 전기적으로 접촉하는 현상을 합선이라고 한다. 접점에 과량의 전류가 흘러 발열이 생기고 심한 경우 화재나 폭발이 일어난다. 손바닥에 떨어진 꽃잎을 집을 때 발생한 과량의 전류는 두 사람의 이성을 마비시킨다. 이로 인해 100일이든 100년이든 모든 사랑에는 수명이 있다는 사실을 잊게 된다. 사랑은 영원할 것이라는 착각은 희극일까, 비극일까.

사랑에 대한 우리의 믿음은 진지하고 무겁다. 하지만 우리의 육체는 호르몬의 폭풍에 휩쓸리는 뗏목처럼 가볍다. 볕을 쬐면 기분이 좋아지고, 날이 흐리면 우울해지는 이유는 행복 호르몬인 세로토닌 탓이다. 봄에 늘어난 일조량은 세로토닌 분비를 왕성하게 한다. 호르몬에 취한 기분에 더불어 접촉으로 두근거리는 가슴. 몸은 마음보다 먼저 사랑을 유추한다. 초속 5cm로 떨어지는 벚꽃은 한없이 가볍다. 하지만 벚꽃에 담긴 사랑의 메타포는 한없이 무겁다.

우리의 인연은 우연이다

사랑이 우리의 인생에서 가장 무거운 것이라 믿는 사람들이 있다. 사랑 운명론자들은 사랑이 '반드시' 아름다운 것이라 상상하며 사랑 없는 삶은 가치도 없다고 믿는다. 하지만 사랑은 보통 운명보다 우연에 근거한다.

긴 겨울을 혼자 보낸 남자는 '우연히' 대학 동기와 마주쳤고, 여자 친구가 없다는 남자의 말에 동기는 어제 회사에서 '우연히' 괜찮은 사람 없냐고 물었던 여자 동료를 떠올렸다. 남자가 여자의 연락처를 받은 때가 '우연히' 봄이었고, 두 번째 만남은 '우연히' 여의도 벚꽃 축제 기간이었다. 게다가 다행히, 아니 '우연히' 미세 먼지 없는 맑은 주말이었다. 어색한 분위기 속 '우연히' 벚꽃 한 잎이 남자의 손바닥에 떨어졌고 그날 처음으로 여자가 웃었다. 그와 그녀의 손이 만나기 위해서는 여섯 개의 우연이 연속해야 했다.

오로지 우연만이 웅변적이다

봄이 되어 꽃이 피는 것은 필연이다. 벚꽃 한 잎이 손바닥 위로 떨어지는 것은 우연이다. 필연과 달리 우연은 마치 운명의 여신이 불어낸 입김 같다. 우리는 흔히 어떤 사건에 많은 우연이 겹칠수록 운명의 존재를 믿게 된다.

밀란 쿤데라는《참을 수 없는 존재의 가벼움》에서 우연만이 우리에게 어떤 계시로서 보인다고 말한다.

"필연에 의해 발생하는 것, 기다려왔던 것, 매일 반복되는 것은 아무런 말도 하지 않는다. 오로지 우연만이 웅변적이다."

우리는 우연의 의미를 해독하며 인생의 의미를 찾는다.

지금의 벚꽃은 오직 지금뿐

무겁기를 바라는 마음 때문에 우리는 가벼움을 참지 못한다. 가벼움에 실망한다면 사랑은 우연이며 존재는 덧없고 인생은 허무하다는 절망에 빠지기 쉽다. 하지만 가벼움과 무거움, 우연과 필연 간에 우열은 없다. 무거운들 어떠하고 가벼운들 어떠하리. 매년 피는 지겨운 벚꽃이지만 그 남자와 그 여자가 처음으로 함께 맞이한 벚꽃은 단 한 번뿐이다. 이 희소한 가치에서 의미를 찾아내고 인생을 만들어가는 것은 두 사람의 몫이다.

존재는 한없이 가볍고 모든 우연은 무의미할까. 우리는 끝없이 물음을 던진다. 삶의 의미는 그렇게 만들어진다. 진정한 사랑에 필요한 우연은 여섯 개의 숫자를 다 맞춰야 하는 로또만큼 기적에 가깝다. 당신 곁의 사랑이 진짜라 생각한다면 살면서 로또는 포기하는 게 좋을지도 모르겠다. 사랑에 이미 운을 다 쓰지 않았는가.

왜
눈
물
이

날
까

옛말에 남자는 태어나서 세 번 운다고 했다. 이 말이 참
이라면 지구상에 남자는 없다고 보면 된다. 네덜란드의
한 대학 연구팀이 37개국 성인 5,000명을 대상으로 '눈
물 흘리는 상황'에 대해 조사한 연구가 있다. 이에 따르
면, 1년 동안 여성은 평균 30~64회, 남성은 6~17회 운
다고 한다. 흥미로운 점은 남녀의 눈물 흘리는 횟수가
차이 나는 이유가 생물학적 차이 때문이 아니라 굳어진
성 역할 때문이라는 것이다.
　남자가 태어나서 세 번 운다는 말의 유래는 알 수 없

지만, 지금보다 훨씬 보수적이었던 조선 후기에도 이미 고리타분한 말이었음이 분명하다. 연암 박지원이 압록 강을 건너며 요동 벌판을 보고 외친 말만 봐도 그렇다.

"좋은 울음 터로다. 한바탕 울어볼 만하구나!"

동행이 갑자기 왜 슬프냐며 궁금해하자. 박지원은 슬픔뿐만 아니라 모든 감정의 극치는 눈물이라고 일갈한다. 그의 눈물은 새로운 세상을 바라보는 기쁨에서 비롯된 것이었다. 박지원의 말처럼 인간은 슬픔뿐만 아니라 다양한 감정에 의해서도 눈물을 흘린다. 그러니 눈물을 잘 이해하면 우리의 감정에 대한 이해가 덜 어려울 수 있다.

참으면 독 된다

1980년대 초 눈물 연구로 유명했던 윌리엄 프레이 박사는 눈물이 날숨, 배변, 땀처럼 체내 독성 물질을 배설하는 방법일 뿐이라고 주장했다. 그는 슬플 때 흘리는 눈물에서 체내에 축적되면 면역성을 감소시키고 고혈압을 유발한다고 알려진 다량의 카테콜아민을 검출했다. 쉽게 말해, 눈물을 참으면 독이 될 수 있다는 뜻이다.

눈물에는 세 가지 종류가 있다고 하는데, 눈을 깜빡일 때 나오는 '내인성 눈물'과 먼지가 들어가거나 양파를 다질 때 나오는 '반응성 눈물' 그리고 마지막 하나는 '감정적 눈물'이다. 다만 감정적 눈물의 원인에는 아직 불분명한 점이 많다고 한다. 그뿐만 아니라 인간이 아닌 다른 동물이 감정적 눈물을 흘리는가는 여전히 뜨거운 감자다.

사람의 특권일까

동물도 눈물을 흘린다. 악어의 경우 눈물샘과 입을 움직이는 신경이 연결되어 있어 먹이를 삼킬 때 눈물을 흘려 수분을 보충한다. 다윈은 《인간과 동물의 감정 표현에 대하여》에서 코끼리의 눈물을 언급하며 동물도 감정이 있다고 주장했다. 다윈의 주장과 다르게 현재 대부분의 동물 행동학자는 인간만이 감정으로 인해 눈물을 흘린다고 말한다. 감정적 눈물은 정말 사람만의 특권일까.

지난봄 일본에서 울산 수족관으로 옮겨지던 돌고래가 눈물을 흘리는 사진이 동물 보호 단체를 통해 공개됐다. 눈물을 흘리던 돌고래는 옮겨진 지 5일 만에 호흡 곤란으로 죽고 말았다. 동물의 눈물이 감정으로 인한 눈물인지 아닌지는 의견이 분분하다. 분명한 점은 인간이 동물에게든 같은 인간에게든 필요 이상으로 잔인하다는 것이다.

182

어느 화가 이야기

기쁨과 슬픔, 동정심과 분노 등 눈물을 흘리는 감정의 가짓수는 인간이 동물보다 다양할 수 있다. 박지원의 말처럼 복잡다단한 인간의 마음은 눈물로 갈무리된다. 이 폭넓은 상징성 덕분에 눈물은 예술의 단골 소재이기도 하다. 한 화가의 자화상에서 눈물은 땀처럼 얼굴에 엉겨 붙어 있다.

그 화가의 어린 시절 별명은 나무다리였다. 소아마비를 숨기기 위해 신은 부츠 때문이었다. 의사를 꿈꾸던 소녀가 열여덟 살이 되던 해 하굣길 버스가 전차와 부딪히는 사고를 당했다. 버스 손잡이였던 쇠 봉이 옆구리를 뚫고 자궁을 관통해 그녀의 국부로 빠져나왔다. 척추가 세 군데 부러지고 골반은 세 동강이 났으며 왼쪽 다리와 오른발이 으스러졌다. 다시는 걷지 못할 것이라는 의사의 말에 그녀는 병상에 누워 그림을 그렸다. 그 의지는 그녀를 병상에서 일으켜 세웠다.

고인 물은 강의 꿈을 꾼다

그녀의 이름인 '프리다'는 독일어로 평화라는 뜻이다. 독일인 아버지가 평화로운 삶을 기원하며 지어준 이름이었다. 하지만 그녀의 삶은 평화와 거리가 멀었다. 아이를 절실히 원했지만 사고 후유증으로 세 번의 유산을 했다. 교통사고가 몸을 부쉈다면 지독한 바람둥이였던 남편은 그녀의 마음을 부쉈다. 소아마비와 교통사고로 평생 서른 번 넘게 수술을 했던 그녀는 감염으로 인해 오른쪽 발가락을 자르고 결국 오른쪽 다리까지 절단해야만 했다. 하지만 그녀는 마지막 그림에 이런 글귀를 남겼다.

"Viva la Vida.

삶이여 만세."

그녀는 삶을 용서했다. 알다시피 삶이란 쉽게 용서할수 있는 종류의 것이 아니다. 특히 그녀와 같은 삶이라면 더욱 그렇다.

하지만 나 자신이 그녀가 그린 눈물과 화해의 손짓에 먹먹해진 이유는 슬픔 때문이 아니었다. 오히려 안도에 가까웠다. 프리다의 삶을 접했던 즈음의 나는 어디서든 일말의 희망을 찾기를 간절히 바라고 있었다. 고여 있던 감정의 둑이 한순간에 무너지듯 눈물이 울컥 쏟아져 나왔다. 그리고 눈물을 다 비워내고 나서야 내 속에 너무 오래 고여 있었다는 사실을 알게 됐다.

내 왼발은 여섯 살에 당한 교통사고로 바깥을 향해 살짝 돌아가 있다. 그래서인지 비 오는 날이면 왼쪽 골반이 쑤신다. 그뿐만 아니라 미처 걷지 못한 빨래처럼 몸이 무거워진다.

비 오는 월요일 출근길을 떠올려보라. 비가 오면 우울해진다는 말이 마냥 과장은 아니라는 것을 굳이 말하지 않아도 알 수 있다. 시멘트 바닥과 구별하기 어려울 정도로 어두운 하늘은 기분까지 회색빛 모포로 덮어버리는 것만 같다. 농담 사이에 정적이 찾아왔을 때처럼 숨이 차분해진다.

아픈데 행복하기란 쉽지 않다

영어에 'Under the weather'라는 표현이 있다. 몸이 찌뿌둥하다는 의미다. 항해 도중 거친 날씨를 만나면 선실 안으로 대피했다는 데서 유래한 말이다. 우리나라에서는 기분이 안 좋을 때 '저기압이다'라는 표현을 흔히 쓴다. 날씨가 저기압일 때는 흐리거나 비가 오고, 기분이 저기압일 때는 우울하거나 화가 난다. 흥미로운 점은 날씨가 저기압일 때 사람 또한 우울해지거나 공격적으로 변한다는 것이다.

비 오는 날에 몸이 무거운 이유는 저기압의 영향 때문이다. 정도는 다르지만 기압이 낮아지면 대부분 불편함을 느낀다고 한다. 이는 염증 등으로 인해 혈액 순환이 약한 부분이 기압 변화에 빠르게 적응하지 못하기 때문이란다. 멀미가 난 듯 몸이 무겁거나 오래전에 다친 곳이 아려온다. 몸이 아픈데 행복하기란 쉬운 일이 아니다. 특히 관절염이나 치통처럼 잊을 만하면 쿡쿡 쑤시는 통증이라면 말이다.

마음의 염증

비 오는 날의 풍경은 사람의 기분을 소위 '멜랑콜리'하게 만들기도 한다. '검은 담즙'이라는 뜻의 멜랑콜리는 검은 담즙이 우울증의 원인이라는 히포크라테스의 주장에서 유래한 말이다. 검은 담즙은 당시 의학의 한계에서 나온 가설이지만, 실제로 날씨가 흐리면 멜라토닌의 분비가 많아진다고 한다. 보통은 밤 동안 분비되기에 암흑의 호르몬이라는 별명을 가진 멜라토닌의 어원 또한 그리스어로 검은색을 뜻한다.

새벽 감성이라는 말이 괜히 생긴 게 아니다. 멜라토닌은 어두울 때 수면을 유도하는 역할 외에 신경을 진정시키는 작용을 한다. 어두운 새벽 골방에 앉아 라디오를 들으면 기분이 착 가라앉는 것도 이런 이유에서다. 그런데 이 진정 작용이 과도해지면 우울감을 느끼게 된다. 비 오고 흐린 날에는 검은 호르몬이 뇌를 잠식하는 것이다. 이때 미처 잊지 못한 상처들이 염증처럼 욱신거린다.

나의 아늑한 우울

비 오는 날이면 저기압 때문에 몸이 처지고, 호르몬 때문에 마음이 가라앉는다. 하지만 그게 다일까. '비 오는

날'이라는 단어만으로 마음이 촉촉해지는 이유는 이미
인이 박인 비에 대한 우울한 심상 때문일지도 모른다.

영화나 드라마에서 출생의 비밀만큼이나 빠질 수 없
는 것이 바로 비 내리는 슬픈 장면이다. 황순원의《소나
기》같은 작품 덕분에 소나기가 내리는 날이면 아늑한
우울함 속으로 젖어 들곤 한다. 비는 금세 말라서 사라
질지언정 마음에 젖어 든 심상은 쉽게 마르지 않는다.

우울하면 우울한 대로

유쾌함 또한 노동이다. 골방과 아늑한 우울함에 위로
받을 때가 있다. 그런데도 우리는 우울함에 떳떳하지 못
하다. 옆구리에 붙은 살이나 지독한 감기처럼 우울함은
떨쳐내야만 하는 것이라 여긴다. 그래서인지 타인의 우
울함을 발견하면 반드시 덜어줘야 한다고 믿기 쉽다. 우
울하면 우울한 대로 그 감정을, 아니 타인을 그대로 받
아들이는 사람들을 찾아보기 힘들다. 비는 세상과 나를,
밝아야 한다고 믿는 이성과 그 밝음에 신물 난 감정을
자연스럽게 단절시킨다.

하나의 빗방울이 만들어지기 위해서는 약 10만 개의
구름 방울이 필요하다고 한다. 이 귀한 빗방울은 마른
땅뿐만 아니라 우리의 감정에도 선물과 같은 존재다. 비

는 달아오른 땅을 식히듯 감정을 식히고, 지상의 오물을 씻어내듯 마음의 오물을 씻어낸다.

비가 오면 우울해진다지만 1년 365일 쨍하고 해 뜬 날만 가득해도 그리 즐겁진 않다. 빛과 어둠, 뜨거움과 차가움, 기쁨과 우울…. 뭔가가 영글기 위해선 양 끝의 조화가 필요하듯 밝은 날이 있으면 어둡고 비 오는 날도 있어야 마땅하다. 그 조화를 '자연스럽다'라고 에둘러 말해본다.

왜 좋아요가 좋을까

좋을까

190

스페인 어느 시골에 살던 알론소 씨는 기사 문학에 빠져 기사가 되기로 한다. 그는 우선 거창한 아이디부터 만든 다. 이는 바로 '돈키호테 데 라만차'의 시작이다.

타인에게 감동과 행복을 선사하는 기사도 정신은 숭 고하다. 높은 '좋아요' 수 역시 명예로운 일이다. 오늘날 의 돈키호테는 얼굴도 모르는 이의 좋아요를 위해 풍차 로 돌격한다. 죽지 않고 산다면 유튜브 인기 동영상이 될지도 모를 일이다.

SNS는 이제 삶의 일부, 아니 삶을 움직이는 화력이다.

SNS에 삶을 전시하기 위해 오늘도 누군가는 일상을 모험처럼, 모험을 일상처럼 산다. 다만《돈키호테》와 현실의 차이는 등장인물 모두가 주인공이 되고 싶어 한다는 점이다. 멋진 장소, 멋진 음식, 멋진 삶. 멋짐을 방증하듯 넘치는 좋아요와 찬사의 댓글. 반면 내 사진에 달린 댓글은 고작 하나이고 그마저도 광고다. 자신이 주인공이 아니라 조연처럼 느껴질 때 사람은 비참해진다.

질투는 1,000만 화소처럼

돈키호테의 '키호테'는 허벅지를 보호하는 갑옷을 일컫는다. 갑옷도 갑옷이지만 전신에 두른 철갑보다 귀한 것이 군마였다. 농작물을 포기하고 말을 훈련할 땅으로 쓸 정도였다 하니 페라리의 로고가 말인 것이 우연은 아닌가 보다.

하지만 농민은 귀족을 질투하지 않는다. 자고로 질투란 비교할 만한 사람한테 하는 것이다. 귀족 자식이 황금 갑옷을 입고 기사가 되는 것보다 옆집 자식이 양철 갑옷을 입고 기사가 되는 것에 질투가 나기 마련이다.

SNS가 우리 삶에 가져온 비극은 비교 대상이 너무 선명해졌다는 데 있다. SNS로 대변되는 이 세상은 돈이든 여유든 뭐든 나보다 많이 가진 사람으로 가득 차 보인다.

SNS 덕분에 질투는 고해상도 사진처럼 날카로워진다.

일상은 환상처럼

약탈과 강간, 피로 얼룩진 역사는 기사 문학을 통해 미화됐다. 사진에 필터를 씌우듯 말이다. 세르반테스는 기사 문학을 비판하기 위해 《돈키호테》를 쓰기 시작했다고 한다. 《돈키호테》는 오늘날에도 질문을 던진다. 과연 우리는 진실과 허구를 구분할 수 있을까.

바위에서 칼을 뽑아 왕이 된 이야기가 진실이라고 하면 콧방귀를 뀔 것이다. 반면, SNS에 올라온 타인의 삶이 허구라는 생각은 쉽게 들지 않는다. 하지만 SNS 속의 삶 또한 거짓일 수 있다. 지리멸렬한 일상 중 빛나는 순간만을 편집할 수 있기 때문이다. 우리는 환상과 일상을 비교하며 고통받고 있는지도 모른다.

죽은 놀이동산처럼

돈키호테는 놋쇠 대야를 전설의 황금 투구라고 여겨 머리에 쓰고 다닌다. 이처럼 본래의 용도가 바뀌는 것을 볼 때마다 만드는 사람도 창의적이지만 그것을 사용하는 사람도 창의적일 수 있다고 생각한다. 러닝 머신을 빨래 건조대로 쓰는 것도 혁신이라면 혁신이다. 페이스북이 한창일 때만 해도 이렇게 바뀔 줄 몰랐다. 페이스북은 케이블 TV처럼 번잡한 광고가 쏟아지는 모바일 미디어가 됐다. 우리는 이제 페이스북에서 다른 사람과의 '관계'를 기대하진 않는다.

지나갈 일에 너무 많은 열정과 감정을 소비한 걸까. 스마트폰에서 페이스북을 지운 지 오래다. 버디버디, MSN, 미니홈피, 싸이월드가 없는 삶을 상상할 수 없던 시절이 있었다. 한물간 놀이동산처럼 사람 떠난 SNS는 을씨년스럽다. 칠 벗겨진 놀이 기구처럼 촌스럽게 부려놓은 글과 사진 때문에 가끔 이불을 걷어차는 사람이 나 혼자만은 아니겠지.

좋아요보다 좋은 삶

《돈키호테》의 속편은 돈키호테와 산초 이야기가 책으로 출간되어 SNS 스타처럼 유명해졌다는 데서 시작한다. 산초는 유명세 덕에 꿈에 그리던 작은 섬의 영주가 되어 돈키호테를 떠난다. 작품 말미에 제정신을 차린 알론소는 돈키호테라는 이름을 버리고 시름시름 죽어간다. 돈키호테라는 이름과 함께 삶의 목적도 버렸기 때문이다. 알론소의 임종을 앞두고 돌아온 산초는 돈키호테와 함께한 시절이 가장 행복했다고 고백하지만 결국 두 사람은 다시 모험을 떠나지 못한다.

돈키호테는 환상 속에서 살았지만 그 누구보다 진실하게 살았다. 기사처럼 보이고 싶은 삶과 기사처럼 살고 싶은 삶은 다르다. 남이 그를 뭐라고 생각하든 그는 기사였다. 그래서 그를 미쳤다고 하는가 보다.

문득 SNS 게시물을 위해 그 순간의 기쁨을 희생하진 않았는지 두려워진다. 언제부터 남의 좋아요가 내가 좋은 것보다 중요했던가.

195

반숙이라고 다 같은 반숙은 아니다. 1, 2분 차이로 노른
자의 익힘 정도가 달라진다. 숟갈로 퍼먹어야 하는 액
체형 노른자부터 크림 같은 질감의 노른자, 포크로 콕
찍어 먹을 수 있는 딴딴한 노른자까지. 반숙, 완숙이라
는 단순한 구분으로 나누기에 삶은 달걀의 상태는 너
무나 다양하다. 그래서 2분, 4분, 7분처럼 시간을 기준
으로 삶은 달걀을 구분하기도 한다. 시간은 절대적이기
때문이다.

　그런데 달걀의 크기, 신선도, 삶는 물의 양, 물에 첨가

한 소금이나 식초, 불의 세기 같은 상대적 변수들이 끼어들면 절대적 기준은 효력을 잃는다. 무슨 삶은 달걀을 가지고 이렇게까지 따지고 드느냐고? 달걀의 문제가 연애의 문제와 비슷하다면 진지하게 고민해볼 만하지 않겠는가. 나는 삶은 달걀의 익힘 정도에 억지 이름을 붙이려는 것과 연애의 어느 상태를 일컫기 위해 '썸'이라는 말이 등장했던 이유가 어느 정도 상관관계가 있다고 생각한다.

썸이라 부르기 전에는 몸짓에 지나지 않았다

연애 상담은 친밀함의 상징이다. 모름지기 연인과는 연애를 하고 친구와는 연애 이야기를 해야 한다. 그런데 남의 연애는 시간으로 가늠해버리기 쉽다. '100일이면 풋풋하겠네, 10년이면 너무 익었네' 같은 식으로 말이다. 절대적인 기준은 때로 편견이 된다. 그리고 편견은 주로 폭력이 된다. '벌써 헤어져?' 또는 '지겹지 않니?' 등의 무신경한 젓가락질로 속살을 푹 찌르는 식이다.

썸은 새롭게 발견한 감정이 아니었다. 부를 일이 많으면 이름이 생기기 마련이다. 썸이 가리키는 연애의 특정 단계가 많은 이들의 관심을 끌게 됐고 그 모호한 상태를 정확히 전달하기 위한 용어가 필요했다. 그래서 연애가

될 듯 말 듯 흐물거리는 상태를 일컫기 위해 썸이라는 말
이 생겨났다.

Something between us

이렇게 탄생한 썸은 썸이란 말 없이 어떻게 살았나 싶
을 정도로 '연애'만큼이나 일상적으로 쓰인다. 남도 아
니고, 친구도 아니고, 연인은 더더욱 아닌 썸은 'There
is something between us, 우리 사이에는 무언가 있
어'라는 뜻이다.

정확하지 않기에 '무언가'라고 에두른다. 썸은 모호함
을 품은 단어다. 확실한 것에는 안정감이 있지만, 모호
한 것에는 긴장감이 있다. 적당한 긴장감은 기분 좋은
두근거림을 유발한다. 이는 비빔면 위에 올리기 위해 달
걀을 삶고, 껍질을 까고, 도마 위에서 조심스럽게 달걀
을 반으로 갈라 잘 익었는지 확인하는 일과 비슷하다.

Take some?

이처럼 썸은 완성이 아닌 익어가는 단계를 지칭하는
말이다. 여기에 현재 진행되는 관계를 표현하기 위해서
는 썸과 어울리는 동사가 필요했다. 그래서 '타다'라는
말이 붙은 게 아닌가 싶다. '썸의 분위기를 타는 중이다'

의 단순한 줄임말일 수도 있고, 봄 타는 것처럼 산들바
람 위에 올라선 기분이기에 '탄다'라고 부르기 시작했을
지도 모르겠다.

이 '썸 타다'를 다른 말로 대체하기는 쉽지 않다. '호
감이 있다'라고 하기에는 아찔함의 부재가 아쉽고, '간
본다'라고 하기에는 감정보다 기술적인 측면만을 부각
하는 것 같다. 그렇다고 '애틋하다'라고 하기에는 시대
와 맞지 않다. 피고 지는 수많은 유행어 속에서 '썸 타
다'는 나름 자기 몫을 해오고 있지만, 전 국민이 썸 타던
열기는 한풀 꺾인 것 같다. 미디어에서 과소비한 경향도
없지 않지만 무엇보다 연애의 방식이 유행을 타기 때문
이다.

사랑도 유행을 타나요

썸이라는 것이 생경했던 세대는 썸을 '밥값 내기 부담
스러워서 정식 연애를 피하는 것'으로 보기도 했다. 완
전히 틀린 말은 아니다. 연애가 청춘의 권리가 아닌 사
치가 된 시대다. 그런데 연애를 하면 무조건 밥값을 내
야만 하는가. 그리고 '정식'이란 말은 연애가 결혼을 위
한 전채 요리가 돼야 한다는 뜻일까.

연애든 결혼이든 사회, 문화의 변화에 따라 그 모습

이 변할 수밖에 없다. 요즘은 '썸 탄다'고 호들갑 떨기보다는 '잘되는 사람 있어'라고 툭 던지는 게 멋인가 보다. 노른자의 익힘 정도에 따라 삶은 달걀의 단계를 일일이 명명하지 않듯 유난 떨지 않는 것이다. 연애가 뭐 그리 대수라고.

왜 이모티콘이 필요할까

뿔뿔이 흩어져 사는 우리 가족이 아침마다 하는 일이 있다. 가족 단체 메시지 방에 이모티콘을 올리는 일이다. 출근 시간 즈음 되면 인사를 하는 듯한 모양새의 이모티콘이 하나둘씩 올라온다. 언제부터인가 이렇게 이모티콘으로 아침 인사를 갈음하는 것이 우리 가족의 의식이 됐다.

'좋은 아침' 같은 형식적인 인사나 '월요일 아침인데 다들 힘냅시다' 같은 길고 딱딱한 인사보다 이모티콘 캐릭터들이 춤추고 파이팅을 외치는 모습을 보는 것이 더 즐거워서일까. 간편하게 이모티콘 하나로 생존 신고를 마치고 오늘의 건투를 빈다. 말 한마디 없이 그림만으로 소통할 수 있게 만든 이모티콘은 문득 놀랍다. 마치 감정의 표지판을 세우듯 지금 내 상황에 맞는 이모티콘을 고르는 일에 부모님도 나도 익숙해졌다.

감정의 표지판

우리와 전혀 다른 문화를 가진 해외에서 표지판의 그림만 봐도 대충 의미를 알 수 있을 때가 있다. 화장실, 금연, 수영 금지 등 익숙한 표지판부터 '길가에서 튀어 나오는 사슴 주의'처럼 우리나라에는 드문 표지판도 그림만으로 대충 파악이 된다. 이처럼 그림 기호는 효율적이다. '지갑 잃어버려서 눈물 날 것 같다'보다 '지갑 잃어버렸어ㅜㅜㅜ'처럼 이모티콘을 쓰면 수고를 덜고, 감정도 효과적으로 전달할 수 있다.

이모티콘의 인기는 우리나라에 국한되는 현상이 아니다. 옥스퍼드 사전이 뽑은 2015년 올해의 단어는 낱말이 아닌 그림이었다. 눈물이 쏙 빠지게 웃고 있는 노란 얼굴, 즉 이모티콘이었다. 이모티콘은 '감정'을 의미하는 'emotion'과 '기호'를 의미하는 'icon'을 합쳐서 만든 말이다. 국립국어원은 '이모티콘'을 '그림말'로 바꿔

쓸 것을 제안했다. 하지만 이 '그림말'이라는 단어에는 이모티콘의 중요한 요소인 감정이 빠져 있다. 이보다는 '감정 기호'가 더 어울리지 않을까 하는 생각이 든다.

감정을 연기하다

왜 감정을 기호로 표현해야 하는 걸까. 우리는 표정, 목소리, 몸짓 또는 한숨 등의 숨소리까지 대화에 활용한다. 이런 비언어적 표현을 통해 의미를 읽어내는 데 익숙하다. 그런데 문자를 주고받는 경우 이와 같은 비언어적 표현을 읽어내기 어렵다. 이때 이모티콘은 문자를 주고받는 상황에서도 얼굴을 마주하고 이야기하는 것과 유사한 경험을 하게 해준다. 단순한 말이나 글이 아닌 상호 간의 '대화'에는 감정 표현이 꼭 필요하기 때문이다.

이모티콘을 쓰지 않는 메시지는 교과서를 줄줄 읽는 듯한 발연기처럼 밋밋하다. 때로는 의미까지 왜곡해서 상대방을 기분 나쁘게 만들기도 한다. 그래서일까. 이모티콘을 쓰는 일이 일종의 연기처럼 느껴지기도 한다. 웃기지도 않은데 'ㅅㅅ'를 쓰거나 의미 없는 물결 표시를 말 끝에 붙인다. 마땅히 대답할 말이 생각나지 않아 엄지를 치켜세우는 이모티콘을 보내기도 한다. 그러고 보면 실제 대화에서도 얼마나 많은 가짜 표정을 지어야 하는가.

^^

우리나라에서 웃는 이모티콘은 '^^'다. 그런데 이 삿갓 모양의 기호를 처음 접한 외국인들은 이게 왜 웃는 얼굴인지 이해하지 못한다고 한다. 문득 궁금해져서 거울에 대고 미소를 지어보니 옆으로 누운 소괄호처럼 입만 웃을 뿐 눈은 그대로다. 하지만 무슨 상관이랴. 눈웃음이든 입 웃음이든 상대에게 웃고 있다는 것을 표현하는 게 더 중요하다.

일할 때면 내 감정과 상관없는 포장지로 얼굴을 감쌀 때가 많다. 이모티콘도 마찬가지다. 무표정하게 웃는 이모티콘을 날리는 것 또한 일종의 감정 노동이다. 그래도 '고맙습니다, 부장님. 웃음', '고생하셨습니다. 박수 및 박장대소' 이렇게 쓰지 않는 것만으로 다행이 아닐는지.

감정도 업무 중

약속 없는 주말이면 말보다 문자 메시지를 더 많이 한다. 이제 말풍선은 우리의 목소리이고, 이모티콘은 우리의 표정이다. 하지만 출근하면 내 얼굴이 곧 이모티콘이 된다. 회의 시간만 축내는 상사의 농담에 웃어야 하고, 자칫 불쾌할 수 있는 표현에 아무렇지 않은 척 미소 지어야 한다. 기계가 아닌 인간이라서가 아니라 내일도 봐야 하는 인간이라서 그렇다.

간편함 때문에 일상에서 쓰던 메시지 앱을 업무에도 쓰고 있다. 나의 감정과 상관없는 이모티콘과 감정 표현의 기록을 보면 내 감정 노동량이 명확해진다. 나는 인생과 시간, 젊음과 기력 그리고 감정을 판 대가로 월급이라는 것을 받고 있다.

205

군 복무 시절 소원 수리함이라는 상자가 있었다. 소원 수리함은 익명 보장이 원칙이었다. 하지만 소원 수리함에 글을 써 넣으면 온 부대 사람이 누가 했는지 알게 된다는 미신이 있었다. 간부들은 그 미신을 애써 정정하려 들지 않았다. 군대라는 조직은 특히나 아무 일도 일어나지 않길 바라는 마음이 크기 때문이리라.

일단 소원 수리함에 문서가 접수되면 반드시 조치가 취해져야 한다. 쉽게 말해, 할 일이 생긴다. 내가 상병이 됐을 즈음에 간부의 감독하에 계급을 막론하고 모든 인원이 내무반 청소를 하는 것으로 청소 체계가 바뀌었다. 막내가 대야에 물을 받아 맨손으로 빨아야 했던 화장실 걸레도 세탁기를 쓰는 방식으로 대체됐다. 누군가의 신고 때문이라고 했다. 지금의 선임들이 막내였던 시절 당연시 여겼던 고생을 지금의 막내들은 겪지 않게 되자 선임들의 불만이 거셌다. 물론 억울할 수 있는 일이다. 하지만 생각을 바꿔보면 그들은 왜 본인의 막내 시절에 이런 부조리에 대한 불편함을 신고하지 않았을까.

부조리의 대물림

군대 문화의 특수성을 아는 사람이라면 섣불리 입을 열지 않는 까닭에 대해 이해할 것이다. 괜히 불편을 신고했다가 문제 사병으로 낙인찍혀 2년 동안 지옥을 경험할 수 있기 때문이다. 이런 부조리의 대물림은 군대 밖에서도 만연하다. '열정 페이' 문제가 그렇다. 탐관오리가 백성을 수탈하듯 타인의 젊음을 팔아 배를 채우는 인간들이 있다. 그리고 그 고통을 견디고 살아남은 백성이 탐관오리의 대를 잇는 일이 너무도 당연하게 일어나고 있다.

고백하자면 나 또한 떳떳하지 못하다. 살면서 마주하는 부조리에 대한 불편함을 표현하기보다는 외면하거나 도피한 적이 많다. 방관한 죄가 있는 것이다. 그런데 이는 개인의 문제만은 아닐 수 있다. '모난 정이 돌 맞는 다'는 사회 분위기도 한몫했다. 다행히 최근에는 부조리에 대한 소신 표현이 사회적으로 조금씩 받아들여지고 있는 것 같다.

하얀색 불편도 있을까

한 연구 기관의 조사 결과에 따르면, 20대에서 30대 초반의 우리나라 사람을 1,000명 가까이 조사한 결과 10명 중에 9명 이상이 소신 표현을 한 적이 있다고 답했다. 청와대 청원이나 서명 운동에 참여하거나, SNS에서 타인의 소신 표현에 공감을 누르는 등 익명이 보장되는 온라인상의 소신 표현이 많았다. 해당 연구 기관은 사회 부조리에 대해 자신의 의견을 적극적으로 표현하는 사람을 '화이트 불편러'라고 정의했다. 아마도 이는 '프로 불편러'와 구분 짓기 위해 만든 말인 것 같다.

프로 불편러라는 말을 우리말로 바꿔보면 '전문 불평 분자'일 것이다. '불편'이란 단어 때문에 뭔가 매사에 불만이 많은 사람이 그려진다. 이 얼마나 부정적인가. 실제로 온라인상에서는 남들은 그냥 넘어갈 수 있는 일에 딴지를 거는 사람을 비방하는 말로 쓰이기도 한다. 불편러들이 비난받는 까닭은 불편을 표현하는 일이 제삼자에게 불편한 감정을 불러일으킬 수 있어서다.

불편 갑질

프로 불편러라는 말이 생기기도 전인 20대 초반에 지하철에서 공익 근무를 하던 친구에게 들은 이야기다. 몇 달에 한 번씩 찾아와 지하철 역사를 뒤집어놓는 사람이 있었다고 한다. '개찰구 옆 장애인용 출구 문이 닫혀 있지 않았다, 공중화장실에서는 비누가 아니라 손 세정제를 써야 한다' 등의 이유로 말이다. 본인이 불리하다 싶으면 악을 물리치는 정의의 용사처럼 직원들에게 소리 지르고 화를 냈다고 한다. 물론 그 사람은 '정의로운 예민함' 때문에 그렇게 행동했을 수 있다. 하지만 고객이라는 유리한 지위를 이용해 '불편 갑질'을 했다는 생각을 지울 수 없다.

불편 갑질의 경우 말고도 지극히 사적인 감정이나 취향에 의한 판단으로 불편함을 표현하는 사람도 있다. 이 또한 소신 표현이라면 소신 표현이리라. 하지만 공공선을 위해 책임지고 총대를 멨다기보다 개인적인 불평을 늘어놓는 일에 가까워 보일 때가 많다. 반찬 투정하는 어린애처럼 말이다. 불편은 표현하는 사람이 책임감을 느껴야 한다. 더 철저하고 이성적으로 자신의 의견을 점검해야 할 필요가 있는 것이다.

불편이 편한 세상

가끔 보면 세상은 정반합이라는 거대한 법칙에 따라 굴러가는 듯하다. 정이라는 기존의 통념에 대한 반대가 나오고, 그 정과 반의 의견을 타협한 합이 나온다. 합은 다시 정이 된다. 이전까지 침묵이 미덕이었다면 그 침묵에 반기를 든 '불편함의 표현'은 들불처럼 거세다. 그 거센 불길에 애꿎은 피해자도 분명 있다. 그렇기에 소신 표현에는 성숙함이 담겨야 한다.

불편함은 세상을 바꾼다. 하지만 때때로 변화는 통증을 불러일으키기도 한다. 일종의 성장통처럼 말이다. 그렇게 사회는 성숙해져 간다. 이를 통해 세상은 조금씩 나아지고 있다. 아니 나아져야 한다.

왜
점
이

생
길
까

210

지금까지 살면서 만년필을 갖고 싶은 적이 없었다. 잉크병에 펜촉을 담가 채워야 하는 컨버터 방식이 실용적이지 않다고 생각했기 때문이다. 무엇보다 손이나 옷에 잉크가 묻을지도 모른다는 두려움 내지는 귀찮음이 컸다.

그러던 중 만년필을 선물로 받았다. 만년필을 써본 적이 없는 나를 위한 입문용 만년필이었다. 아무런 장식도 없는 검은색의 매끈한 재질에 스크류바처럼 한 번 꼰 듯한 모양새였다. 옆면에는 '빌딩 주인'이라는 응원의 말을 새겨준 주는 이의 센스까지 담겨 있었다. 마음에 쏙

들었다.

잉크가 아니라

친구가 선물한 만년필은 볼펜 심을 교체하듯 리필용 잉크 카트리지를 교환하는 방식이었다. 덕분에 만년필은 실용적이지 않다는 내 생각을 완전히 바꿔놓았다. 문제는 내가 만년필에 익숙하지 않다는 점이었다. 펜이 나오지 않자 생각 없이 펜을 획 하고 털었다.

그날 오후였다. 지나가던 동료가 등에 잉크가 묻었다는 말을 했다. 어떻게 하면 잉크가 등에까지 튈 수 있었을까. 말을 듣고 살펴보니 아까 펜을 털면서 튄 잉크 방울이 곳곳에 묻어 있었다. 책상은 물론이고 옷에도 작은 점이 찍혀 있었다.

점이구나

화장실에 가서 거울을 보니 목덜미와 얼굴에도 잉크가 묻어 있었다. 휴지를 물에 적셔 잉크를 문질렀다. 그런데 코 옆에 묻은 잉크가 도무지 지워지지 않았다. 낌새가 이상해서 얼굴을 거울에 붙이다시피 하고 자세히 봤다.

'아, 점이구나.'

잉크를 지우다 말고 얼굴에 난 점을 찾기 시작했다. 오탈자를 검수하듯 코 왼쪽에 두 개, 턱 끝에 하나, 오른쪽 관자놀이에 하나를 찾아냈다.

어렸을 때 인중 옆에 점이 하나 있었다. 점이 있었을 당시에 거울을 볼 때마다 자동적으로 점에 눈이 먼저 갔다. 마치 GPS로 현 위치를 잡는 것마냥 나의 존재감을 점으로 확인했다. 그렇다. 콤플렉스였다. 사춘기 무렵에 부모님을 졸라 결국 점을 뺐다.

자꾸만 보이기 시작할 때

의학 용어로 점은 후천성 멜라닌 세포 모반인데, '후천성'이라는 말에서 알 수 있듯 타고나기보다 환경의 영향이 큰 것으로 보인다. 재미있는 점은 노년기가 되면 점의 숫자가 줄어든다고 한다. 늘기만 하는 주름이나 흰머리와 달리 쥐도 새도 모르게 생겼다가 사라진다고 하니 이보다 더 사소할 수 없다.

하지만 사소한 게 눈에 밟혀 거슬릴 때가 있다. 자꾸만 보이는 나머지 내 생각과 행동을 잠식해버릴 정도다. 그럴 때면 나라는 사람이 얼굴에 난 점보다 작아진다. 어렸을 때 뺀 점은 의사의 솜씨가 좋았는지 이제 흔적조차 남지 않았다. 점이 오른쪽에 있었는지, 왼쪽에 있었는지 헷갈릴 정도다. 이렇게 금세 잊어버릴 것을 가지고 그때는 뭘 그리 고민했을까.

사소한 것은 사소함답게

얼굴에 점이 새로 생긴 것조차 몰랐다는 사실이 놀라웠다. 매일 조금씩 진행되는 미세한 변화를 인지 못하는 탓도 크겠지만, 내가 머릿속에서 그리는 나의 얼굴은 어느 시점에서 멈춰 있나 보다. 얼굴에 조금씩 주름이 지듯 점이 생기는 것은 나이가 들고 있다는 증거다. 흰머리처럼 충격이 크지는 않지만 말이다.

나이가 들면서 좋은 부분이 있다. 사소한 일은 사소하게 다룰 줄 알게 됐다는 점이 그렇다. 예전 같았으면 옷에 튄 만년필 잉크나 얼굴에 새로 생긴 점을 하루 종일 신경 쓰며 들여다봤을 것이다. 그깟 잉크 자국, 점하나 따위에 연연하지 않고 무던하게 문지르며 지워지면 다행이고 아님 어쩔 수 없고 하는 여유를 가진 지금이 좋다.

왜
나
한
테

실
망
할
까

GPS가 없었다면 어떻게 살았을까 싶다. 몇 십 번을 오
간 길에서도 내비게이션이 필요하다. 인지 장애 수준인
나의 길 찾기 능력을 간략히 말하자면, 장소는 기억해도
그 장소가 어디로 이어지는지를 떠올리지 못한다. 예를
들어, 이 사거리는 분명 아는 곳인데 여기서 좌회전을
하면 어디가 나오는지를 도무지 모르겠다.

  가끔 내비게이션이 바보짓을 하면 나는 더 바보가 된
다. 최근 인천 공항까지 친구를 배웅한 적이 있다. 출국
장으로 들어가는 친구의 모습을 뒤로하고 지도 앱을 켰

다. 셔틀버스 도착 시간이 5분도 채 남지 않았길래 서둘러 1층으로 내려갔다. 그런데 앱을 다시 확인하니 3층 로비에서 타라고 했다. 계단을 두 칸씩 뛰어올라 3층에 도착했다. 숨을 고르며 로비에 있는 직원에게 물었다.

"버스 여기서 타는 거예요?"

직원은 손가락으로 아래를 가리켰다. 우여곡절 끝에 1층 정류장으로 되돌아왔다. 어느새 버스 도착 시간은 20분으로 다시 늘어나 있었다.

내비 없던 시절

내비게이션, 그러니까 스마트폰이 없던 시절에는 별의별 일이 다 있었다. 고1 첫 번째 여름 방학이 끝나고 개학하던 날 학교 가는 길이 기억나지 않았다. 믿기 힘들겠지만 사실이다. 다행히 정류장에서 같은 교복을 입은 학생을 보고 미행하듯 버스를 따라 탔다. 그런데 그 학생이 생전 처음 보는 정류장에서 내리는 것이었다. 뒤를 쫓아 미로 같은 주택가 골목길을 걸었다. 주변에 다른 학생이 보이지 않았기에 학교 가는 길이 맞는지 의심되기 시작했는데 다행히도 학교에 도착할 수 있었다. 덕분에 개학 첫날부터 지각을 해버렸지만 말이다.

대학교 1학년 여름 방학 때 지도 한 장 들고 자전거

전국 일주를 한 적이 있다. 스마트폰이 나오기 전 이야기다. 변산반도에서 광주로 가는데 길을 잘못 들어 나주에 도착했다. 광주를 지나친 것이다. 여차여차해서 전국 일주를 마친 이후로는 10년이 넘도록 자전거 안장을 쳐다보지도 않는다.

잘못을 당당하게

이쯤되면 길치의 문제가 아니라 어딘가 정신을 놓고 다니는 수준이라고 해도 할 말은 없다. 그런데 길에 대한 나의 가장 큰 문제는 '당당하게' 잘못된 길로 간다는 점이다. 이 경우 동행하는 친구까지 피해를 본다. 잘못된 방향으로 자신 있게 걸어가면 따라오던 친구도 함께 길을 잃는 식이다. 간혹 길눈이 밝은 친구가 그쪽이 아니라고 말하면 그제야 걸음을 멈춘다. 사귄 지 얼마되지 않은 친구들은 내가 장난친다고 오해할 정도다.

워낙 길을 자주 잃으니까 특단의 조치가 필요했다. 길찾기에 특별히 신경을 쏟거나, 길을 잃어도 개의치 않거나. 나는 후자를 선택했다. 물론 춥거나 더운 날에는 짜증이 날 때도 있다. 하지만 늘 목적지에 도착하기는 한다. 더 많이 걷고, 더 많은 땀을 흘려야 할 뿐이다.

연습하러 왔니

이제는 길 잃는 것 때문에 나한테 실망하지 않는다. 기대하는 바가 있어야 실망도 생기기 마련 아닌가. 길 찾기에서만큼은 더 잘하고 싶다거나, 더 잘할 수 있다는 생각을 버린 지 오래다.

내가 기억하는 한 나한테 가장 크게 실망한 기억은 한 오디션장에서였다. 어린 시절 EBS에서 하던 밴드 퀸의 공연 영상을 보고 록 스타의 꿈을 키웠던 적이 있다. 부모님을 졸라 전자 기타를 샀다. 몇 년간의 독학 끝에 음악 취향이 비슷한 친구들을 모아 조잡하게나마 밴드를 만들었다. 그리고 중·고등학생이 출전하는 밴드 대회 예선에 참여했다. 당시 유명했던 기타리스트가 심사 위원 중 한 명이었다. 우리의 연주를 본 그 사람은 딱 한마디 했다.

"너네 여기 연습하러 왔니?"

언젠가는 목적지에

올라갈수록 길은 좁아지고 실망할 일은 많아졌다. 수능을 봤을 때도, 대학생 시절 광고인을 꿈꾸며 공모전을 할 때도, 취업을 준비할 때도, 주변의 지인들이 공모전에서 큰 상을 타고 대기업에 취업할 때도 나한테 실망할 수밖에 없었다. 내게 기대하는 바가 컸기 때문이다.

　나는 그리 단단한 사람이 아니기에 때로 내가 옳은 길로 가고 있는지 의문이 든다. 그래도 수없이 많은 '길 잃음' 끝에 배운 점이 하나 있다. 언젠가는 목적지에 도착한다는 것이다. 더 많이 걷고, 더 많은 땀을 흘려야 할 뿐이지만….

219

그날 저녁은 회사 회식 날이었다. 식당에서 나오려고 하는데 사람들이 문밖을 보며 웅성거리고 있었다. 세찬 비 때문에 횡단보도가 보이지 않을 정도였다. 그 와중에 핸드폰에 뒤늦은 홍수 경보 문자가 왔다. 무슨 운명의 장난도 아니고. 지난주에 태풍 솔릭이 온다고 해서 우산을 챙겼다가 비 한 방울 안 와서 예정에 없던 팔 운동만 했었다. 그런데 우산을 집에 놓고 오자마자 이렇게 비가 쏟아지다니.

보고도 믿을 수 없는 비였다. 마치 하늘에서 샤워기로

물을 뿌리는 것 같았다. 자연보다 도시가 익숙한 사람이 떠올릴 만한 객쩍은 생각이었다. 그도 그럴 것이 '샤워'는 원래 갑자기 쏟아지는 비를 가리키는 말이다. 옛날 사람들은 비가 올 때마다 샤워했을지도 모르겠다. 하긴 지금도 에티오피아의 카로족은 내리는 빗물에 몸을 씻는다고 한다.

목욕탕의 추억

내가 초등학교에 들어갈 무렵만 해도 샤워보다 목욕이 익숙했다. 할머니는 늘 물을 받아서 몸을 불리라고 하신 뒤 때수건으로 등을 밀어주셨다. 그러고 나면 피부가 새빨개져서 다음 날까지 화끈거렸다. 그런데 그것이 버릇이 되어 때수건으로 피부를 문지르지 않으면 씻은 기분이 나지 않았다. 혼자서 씻을 수 있게 됐을 무렵에도 샤워보다 목욕을 할 때가 많았다.

샤워는 집에서 대충 씻을 때나 하는 것이었고 주말이면 아버지와 목욕탕에 가곤 했다. 오락실이나 피시방에 가듯 친구들과 목욕탕에 놀러 가기도 했다. 그런데 언제부터인가 목욕을 하지 않게 됐다. 시간이 없어져서인지, 여유가 없어져서인지는 모르겠다. 때수건을 쓰지 않은 지 10년은 넘은 것 같다. 마지막으로 목욕탕에 간 게 언제인지 기억조차 나지 않는다.

찬물로 하는 샤워

편입 공부를 하던 시절 학원 근처 고시원에서 1년 동안 산 적이 있다. 7월부터 10월까지는 온수가 나오지 않던 월세 10만 원짜리 쪽방이었다. 새벽 4시 반에 일어나 찬물로 샤워하고 학원에 갔다. 자습실 자리를 맡으려는 학생들로 6시가 되기도 전에 학원 앞은 장사진이었다.

불안하고 절박했던 그때 당시에 찬물 샤워는 눈물이 나올 정도로 끔찍했다. 새벽에 일어나 잠이 덜 깬 상태에서 찬물 샤워를 할 때는 욕이 절로 튀어나왔지만, 그 덕분인지 이상하게도 학원에 가면 정신이 맑았다. 찬물 샤워를 그렇게 싫어했으면서도 버릇이 됐는지 요즘도 여름에는 찬물로 샤워를 마무리한다.

찬물 샤워 동호회

'엑스맨' 시리즈의 울버린이라는 캐릭터를 17년 동안이나 연기한 휴 잭맨도 촬영 날 아침마다 찬물 샤워를 했단다. 그 시작은 우연히도 고장 난 보일러 때문이었다. 촬영 날 새벽에 일어나 샤워를 하는데 찬물이 쏟아졌던 것이다. 찬물 때문에 온갖 욕설이 튀어나왔지만 침실에 있는 아내가 깰까 봐 그는 이를 악물고 참았다. 그러다 문득 분노를 샀으며 살아가는 울버린의 감정을 잘 이해하게 됐다고 한다. 그도 어지간히 긍정적인 사람인가 보다.

최근에서야 찬물로 샤워하는 방식을 '스코틀랜드식 샤워'라고 한다는 것을 알았다. 스코틀랜드식 샤워는 김이 날 정도로 뜨거운 물로 시작해서 갑자기 차가운 물로 바꿔 샤워를 마무리하는 것이다. 스코틀랜드 출신이라는 설정의 제임스 본드가 《007》 소설에서 샤워할 때마다 하는 방법이다. 찬물 샤워가 활력 있는 아침을 맞는 데 도움이 된다는 연구 결과도 있는 것을 보면 고시원 생활의 고통이 헛된 것이 아니었다는 생각도 든다.

새로 고침

전자 기기가 버벅댈 때 가장 쉽고 효율적으로 고치는 방법은 재부팅이다. 전원 스위치를 내렸다가 올리듯이 규칙적으로 잠을 자는 것만으로 삶의 많은 문제가 해결된다. 샤워는 잠보다 쉬이 누를 수 있는 새로 고침 단추 같다. 잠에서 깨어나면 샤워로 새로 고침을 해야 산뜻하게 출근을 할 수 있고, 퇴근하면 샤워로 새로 고침을 해야 비로소 제대로 잠자리에 들 수 있다. 샤워는 단순히 몸을 청결히 해주는 역할을 넘어 마음가짐을 새롭게 고쳐준다.

퇴근 후 끼얹는 따뜻한 물줄기는 몸에 남은 하루의 흔적을 씻어 내리며 마음의 잔여물까지 흘려보내는 것 같다. 목욕으로 대체할 수 없는 샤워만의 감각과 감성이 있다. 나에게 목욕이 물의 따뜻함과 동화되어 응어리를 녹이는 행위라면, 샤워는 세상의 때를 씻어 내리는 행위다. '쇼생크 탈출'에서 주인공이 탈출에 성공한 장면에서 괜히 '샤워'가 쏟아져 내리는 게 아니다.

왜 감정도 체력일까

일본의 개그맨인 마쓰모토 히토시가 말했다. 자기 일을 진지하게 대하는 인간이라면 상처 입었을 때 진지하게 화낼 수도 있어야 한다고. 타인에게 폐 끼치지 않는 것을 중시하는 '와和' 문화가 발달한 일본인의 성격을 꼬집는 말이었다.

그의 말에는 '일을 진지하게 대하는 인간'이라는 전제가 붙는다. 일 때문에 화를 낸다는 것이 일에 대한 열정의 증거라는 뜻이기도 하다. 나의 경우 회사에서는 화를 비롯한 부정적인 감정을 최대한 절제하는 편이다. 겉으

로는 감정적으로 일하는 사람과 비교해서 열정이 없어
보일 수도 있겠다.

작품이자 제품

일하다 보면 일을 감정적으로 처리하는 경우를 종종
본다. 예컨대, '화면 색감이 너무 칙칙하니까 아침 드라
마처럼 쨍하게 해주세요' 같은 요구에 감독이 좌절하는
식이다. 짧은 광고 한 편도 소중한 작품이라고 믿는 사
람에게는 매우 가혹한 일이 아닐 수 없다.

이는 광고에 대한 시각이 서로 다르기 때문에 생긴다.
한 편의 광고는 어떤 이에게는 작품이면서 동시에 다른
이에게는 호객 행위다. 광고주를 비롯해 많은 사람이 엮
여 있는 광고 제작의 특성상 모두가 행복하기란 쉽지 않
아 보인다.

감정도 한계가 있다

일본의 와 문화에 따르면, 기분이 나쁘다고 해서 표정
을 찡그리고 다니는 것조차 자신의 문제와 관련 없는 타
인에게 피해를 주는 행동이다. 굳이 와 문화가 아니더라
도 합리적인 사람이라면 일할 때 감정적인 대응보다 중
요한 것은 논리적인 대응 또는 다른 의견을 포용하면서

최선의 결과를 낼 수 있는 해결책이라고 믿는다.

하지만 내가 감정을 아끼는 이유는 조금 다르다. 이는 단순히 어른스럽다거나 예의를 차리는 차원의 문제가 아니다. 감정 또한 체력처럼 한계가 있다고 생각한다. 즉, 돈이나 체력과 마찬가지로 감정 또한 나의 자산이라고 생각하기 때문이다.

감정 체력

일에 체력과 시간, 감정까지 다 쏟고 나면 말 그대로 웃을 기운조차 없어진다. 감정이 탈진할 경우 체력이나 시간이 없는 것보다 위험한 상태가 된다. 일에 대한 회의감이 들 수 있기 때문이다. 시쳇말로 '멘탈 관리'가 필요한 이유가 바로 여기에 있다.

'감정 체력'이라는 말이 있는지 모르겠지만 화나 슬픔 같은 부정적 감정은 감정 체력 소모가 심하다. 심리적 탈진 상태를 뜻하는 '번아웃 증후군'도 이런 감정 체력과 관계 있다. 열정이 있어야 감정도 체력도 쏟아부을 수 있다. 하지만 무분별한 감정 소모로 인해 역으로 열정을 잃는 불상사가 생긴다. 따라서 열정이 있다면 그 열정을 제대로 활용하는 방법을 고민해야 한다.

벼락치기는 통하지 않는다

   사람은 대부분의 시간을 일을 하며 보낸다. 아마 인생에서 가장 많은 시간을 일하면서 보내지 않을까. 학교는 그나마 시험 기간이 정해져 있지만 일은 깜빡이도 켜지 않고 들어올 때가 많다. 벼락치기도 통하지 않는다. 심지어 방학도 없다. 그래서 시간, 체력, 감정을 스스로 분배해야만 한다.

   일을 해보기 전에 타오르던 열정은 그저 일하고 싶다는 욕망에 불과한 경우가 많다. 일을 해보고 나서야 그 열정이라는 게 얼마나 허약한 것인지 알게 된다. 마치 꺼지기 일보직전의 불씨를 품고 비바람을 헤쳐나가는 심정과 같다고나 할까. 이토록 여린 불씨를 꺼뜨리지 않고 멀리 가기 위해서는 감정을 단단히 여며야 한다.

"Now I'm getting hangry."

평창 동계 올림픽 때 스노보드 금메달리스트인 클로이 김이 SNS에 남긴 글이다. 여기서 'hangry'는 오타가 아니다. 배고프다는 뜻의 hungry와 화났다는 뜻의 angry를 합성한 신조어다.

배고파서 짜증 났다고 본인 입으로 말하기에는 조금 치졸하다. 하지만 '영화가 졸리다'라는 말을 듣고 상대방의 의중을 파악하듯 우리는 배고프다는 말 이면에 담긴 감정까지 읽어내는 데 익숙하다. '출출할 때 넌, 네가

아니야'라는 초코바 광고에 공감할 수 있는 것도 '배고
프다'라는 감정 표현에 익숙하기 때문이다.

허기는 감정을 만든다

기쁨이나 슬픔 등을 감정이라 부르는 데 이의가 없을
것이다. 그런데 배고픔도 감정일까? 심리학에서 배고픔
은 '추동'이라고 한다. 행동을 유발하는 동기라는 뜻이
다. 추동과 감정은 명확하게 구분하기 힘들다. 보통은
음식이 필요하기 때문에 배고파진다. 이런 배고픔이 재
빨리 해결되지 못하면 짜증이 날 수도 있다. 감정은 자
극에 대한 반응이기 때문이다.

한 실험에서 참가자에게 그림을 보여주고 배고픈 정
도와 그림이 주는 느낌을 물었다. 배고픈 참가자일수록
그림에서 불쾌한 느낌을 받았다고 한다. 이는 굳이 실험
하지 않아도 경험으로 알 수 있다. 예컨대, 회의 때문에
점심시간이 늦어지면 사람들이 슬슬 예민해지는 경우
가 그렇다.

감정도 허기를 만든다

뇌는 성인 남성의 주먹 두 개를 합친 정도의 크기다.
그런데도 우리가 먹은 음식에서 나오는 열량 중 4분의

1을 뇌에서 쓴다고 한다. 그만큼 음식에 휘둘리는 기관이라는 뜻이다. 끼니를 거르면 배에서 꼬르륵 소리가 나는 게 민망하고 성가시지만, 그보다 심각한 점은 뇌가 정상적으로 돌아가지 않게 되는 것이다. 뇌의 기능 중 하나가 정서를 조절하는 것인데, 불규칙한 식사는 불안정한 감정을 만든다.

문제는 생각만으로 가짜 허기를 만들 수 있다는 것이다. 흔히 밥 배, 후식 배가 따로 있다는 말을 농담 삼아 한다. 그런데 엑스레이 실험 결과 그 말은 사실이었다. 위가 꽉 찬 상태에서도 케이크 등의 후식을 보면 위가 움직여서 공간을 만들어낸다고 한다. 위가 허기를 느끼도록 뇌가 위를 조종할 수 있다는 말이다.

위에서 내려온 허기

어렸을 때는 당 떨어졌다는 게 어떤 건지 몰랐다. 군것질을 즐기는 편도 아니었다. 이제는 긴 회의를 마치거나 몰두해서 일하고 나면 어김없이 단 게 당긴다. 이는 위가 느끼는 허기가 아니라 '위에서' 내려온 허기, 즉 뇌가 만든 허기다.

짜증 나거나 우울할 때 또는 일 때문에 진이 빠졌을 때 뭔가가 먹고 싶어지는 이유는 스트레스받은 뇌가 가짜 허기를 만들기 때문이라고 한다. 특히 달콤한 단당류는 몸에 빠르게 흡수되어 당 수치를 급속도로 높이는데, 혈당 상승을 통해 힘을 얻은 뇌는 쾌락 호르몬을 분비한다. 배고파서 짜증 나는 것이 아니라 짜증 나서 배가 고픈 것이다.

퇴화한 욕구

배고픔이라는 추동은 짜증이라는 감정을 일으키기도 하고, 반대로 짜증이 났기에 음식으로 감정을 달래기도 한다. 감정과 추동은 서로 영향을 주고받기에 hangry라는 말처럼 한 몸으로 온다.

배고픔이 생존 문제가 아니게 된 지 오래다. 이제는 못 먹어서 절박하다기보다 당연히 먹어야 하는 것을 다이어트나 일 때문에 안 먹어서 짜증이 난다. 심지어 너무 많이 먹어서 짜증이 날 때도 있다. 말 그대로 '배부른 짜증'이다. 우리 세대는 기본적인 생존 욕구가 퇴화하고 있는지도 모른다.

233

"지갑 예쁘네요."

딱히 지갑을 자랑하려던 것은 아니었다. 자리에 앉을 때마다 뒷주머니에서 지갑을 빼 탁자에 올려놓는 버릇 때문이었다. 가죽 공예를 하는 친구가 만들어준 지갑인데, 생지 가죽으로 만들어 손때가 묻을수록 색이 변하는 재질이었다. 이 사람에게 똑같은 지갑을 선물하기로 마음먹었다.

다시 만난 자리에서 친구에게 부탁해 준비해둔 지갑을 선물했다. 내가 만든 것도 아니면서 지갑에 대해 너스레를 떨었다. 처음에는 고추장처럼 새빨간 색이지만 시간이 지나면 자연스러운 윤기가 흐르는 진한 와인색으로 변한다고 말이다.

스스로 대견하다

그 사람은 지갑의 색이 변하는 것을 얼른 보고 싶다고 말했다. 나는 몇 년은 걸릴 거라고 답했다. 곁에서 함께 보길 바란다는 말은 속으로 삼켰다. 지갑만 주고 끝나선 안 되겠기에 지갑 속에 전시회 표를 넣어 선물했다. 2년이 지난 지금에 와서도 그런 생각을 해낸 스스로가 대견하다.

전화를 걸어 전시회를 같이 보러 가자고 말했다. 그런데 다음 날 약속 시간이 돼도 그 사람은 나타나지 않았다. 순간 전화가 울렸다. 알고 보니 종로 대림 미술관이 아니라 내 회사 근처에 있는 대림 미술관으로 착각한 것이었다. 그 사람은 금방 가겠다며 조금만 기다려달라고 부탁했다. 나의 마지막 연애는 그렇게 시작됐다.

만나야 한다

비록 장소는 착각했지만 전시가 별로였다는 점에서 우리의 의견이 일치했다. 나의 연애는 단순히 시간을 함께 보내는 것이 아니라 서로가 살아온 시간을 좁히는 과정이었다.

같은 곳에서 같은 것을 보고 심지어 같은 말을 나눌지라도 종로 대림 미술관과 한남 대림 미술관만큼의 차이가 생기기 마련이다. 이럴 때는 기다리거나, 찾아가거나, 아니면 중간의 적당한 곳에서 만나기 위해 둘 중 하나는 움직여야만 했다. 다행히 우리는 언제나 만날 수 있었다. 우리에게는 만나야 한다는 의지가 있었기 때문이다. 만남에의 노력이 지겨워질 때 연애는 끝이 난다.

한심해도 괜찮아

오랜 시간을 함께 보낸 누군가에 대해 말할 때 흔히 가장 나다울 수 있는 사람이어서 그럴 수 있었다고 말한다. 그런데 '나답나'는 건 어떤 뜻일까? 나는 중2 때도 나다웠고, 지금 또한 나답다. 그 둘은 전혀 다른 나인데도 그렇다.

우리는 약속 장소를 교환하듯 서로의 마음을 향해 움직였다. 때로는 그 사람이 찾아왔고, 때로는 내가 찾아갔다. 덕분에 전혀 다른 시선에서 세상을 볼 수 있었다. 그리고 한심해도 괜찮다는 안심 또한 성장이라는 것을 배웠다. 우리는 서로에게 안식처가 됐다. 이전의 나보다 지금 더 나답다고 느끼게 해주는 그 사람이 고맙다.

영원이라는 말의 무게

2년의 연애는 이제 끝을 바라보고 있다. 결혼을 앞두고 있기 때문이다. 결혼하면 한 사람과 영원히 함께해야 한다는 게 두렵다는 이야기를 종종 듣는다. 영원이라는 말은 묵직하다. 거짓말이란 걸 알고 있다 쳐도 무게감이 느껴지는 건 어쩔 수 없다.

비단 연애에서뿐만 아니라 살다 보면 지키지 못할 약속을 많이 한다. 예컨대, '검은 머리 파뿌리 될 때까지' 같은 말이 있다. 살다 보면 머리가 세기 전에 대머리가 될 수도 있는 일 아닌가. 게다가 인간이 영원히 살 수 있을 리 만무하다. 그저 '영원히 함께'라는 말은 당신이 없다면 영원도 의미 없을 것이라는 의미로 이해하면 되지 않을는지.

Part 4

타 인 에   대 한   감 성

여태껏 쌓아온 경력을 버리는 일은
바보짓이 아니냐고 반문할 수 있다.
그런데 우리는 세상 물정 모르던
20대에 선택한 직업으로
인생이 끝났다고 믿을 만큼 벌써 바보였다.

241

전주 한옥 마을과 서학동을 잇는 남천교에 청연루라는
누각이 있다. 지난여름 한낮의 더위를 피해 누각 그늘에
누워 캔맥주를 마셨다. 전주천의 시원한 기운이 마룻바
닥을 통해 전해졌다. 기둥 사이로 부는 선선한 강바람은
뙤약볕에 달아오른 이마를 식혀줬다.

그때 젊은 부부가 아이와 함께 청연루를 찾았다. 아이
가 소란을 피우자 애 아빠가 아이를 불렀다.

"저기 가서 춤춰."

아빠는 마루 한가운데를 가리켰다. 슬금슬금 자리를

뜨는 사람들을 따라 청연루를 나왔다. 그늘 밖으로 나오
자 쏟아지는 햇살에 미간이 찌푸려졌다.

무책임한 부모와 소란스러운 아이. 흔한 경험이다.

차별에도 자유가 있는가

처음에는 노 키즈 존이 이치에 맞을 수도 있다고 생각
했다. 아이가 싫은 사람은 노 키즈 존 가고, 노 키즈 존 아
닌 곳에서 아이들도 더 자유롭지 않냐는 생각이었다. 그
래서 노 키즈 존이 차별이라는 국가 인권 위원회의 결정
에 의문이 들었다. 일종의 영업권 침해가 아닌가 싶었다.

한데 인권위의 다른 사례를 보니 어른과 아이라는 도 242
식으로 보이지 않던 관점이 보였다. 2007년 이태원의
어느 식당에서 부부에게 신분증을 요구했다. 그러고 나
서 미국 국적의 부인은 괜찮지만 나이지리아인 남편은
이용할 수 없다며 그들을 쫓아냈다고 한다. 사랑하는
사람과 밥 한 끼 먹으러 간 곳에서 출입조차 거부당하
는 것은 비극이다. 사랑하는 사람이 나이지리아인이든
아이든 간에. 국적이나 나이처럼 개인이 선택하기 힘든
특성으로 어떤 집단을 차별하는 것은 부당하다. 특히
그 집단이 찍어 누르기 쉬운 약자일 경우에는 더욱 그
렇다.

'맘충'이란 말은 없어져야 한다

"문제아 집에 전화를 걸면 더 큰 문제아가 받는다."

초등학교 교사인 지인한테 들은 말이다. 과거 문제아였던 사람으로서 양심상 동의할 수 없지만 일리가 있다. 아이의 소란에는 아이를 통제하지 못한 부모의 책임이 크다. 하지만 우리가 겪은 단편적인 불편한 경험을 바탕으로 모든 부모가 문제라고 단정 짓기에는 무리가 있다.

말이란 게 참 무섭다. 누군가를 특정 단어로 정의 내리면 그 단어에 맞춰 그 사람의 모든 것을 받아들이기 쉽다. 맘충이라는 말도 그렇다. 주 양육자가 엄마가 대부분이기에 인격 학살의 총구를 엄마에게 겨눠 '맘mom'이란 영어 단어에 남에게 피해를 주는 게 혐오스러운 벌레와 다름없다 해서 '충蟲'을 붙인 무시무시한 말이다.

하지만 남 생각할 줄 모르는 사람들은 부모라는 지위를 떠나 그저 해로운 인간일 뿐이다. 굳이 특정 계층을 떠올리게 하는 말을 만들어 소신껏 잘 살고 있는 이 땅의 엄마들을 싸잡아 모욕 줄 하등의 이유가 없다.

세간에서는 맘충이 마치 새로운 사회 현상을 정의하는 말인 양 아무렇지 않게 쓰이지만 이는 바람직하지 않다. 맘충은 세상에 필요 없는 말이다.

조용함은 어른의 욕구다

기억은 나지 않지만 어렸을 때 난 시끄러운 아이였단
다. 아기 때는 시도 때도 없이 울어 할머니가 온종일 업
고 달랬다고 한다. 나이가 차면서 세상은 나에게서 시끄
러움을 도려냈고, 그 자리에 조용함을 갈구하는 커다란
구멍을 만들었다.

내 돈 주고 조용한 공간에서 나의 시간을 즐기고자 하
는 것은 당연한 권리임에는 분명하다. 하지만 나는 시끄
러운 아이와 그의 부모를 생전 처음 보는 파렴치범인 양
바라봤던 것 같다. 나의 어린 시절은 까맣게 잊은 채 말
이다.

아직 학교에도 들어가지 않은 아이가 조용함에 대한
욕구를 이해하기는 어려울 것이다. 고된 하루 끝에 너덜
너덜해진 채 조용함의 품에 안기는 게 얼마나 소중한지
알 턱이 있을까. 어쩌면 조용함에 대한 욕구는 어른과
아이를 가늠하는 잣대일지도 모르겠다.

노 키즈 존은 인권에 대한 차별적 요소를 담고 있기
에 토론으로 결정할 문제가 아니다. 물론 찬성했던 사람
들의 조용함에 대한 권리는 마땅히 존중받아야 한다. 하
지만 이는 노 키즈 존 같은 철조망을 친다고 근본적으로
해결할 수 없다. 뻔한 이야기이지만 양측 다 서로를 이

244

해하려는 노력이 필요하다.

어른이라 다행이다

사람들은 타이타닉에서 탈출하듯 청연루를 빠져나왔다. 내리쬐는 땡볕 아래 가라앉는 보물을 바라보는 심정으로 청연루의 그늘을 돌아봤다. 사람들이 떠난 마루에서 부모의 장단에 맞춰 온 힘을 다해 춤추는 아이가 보였다.

그날 밤 가맥집에 갔다. 그곳에는 술 취한 큰 애들이 있었다. 시끄러운 걸로 치면 이 '다 큰 애'들이 진짜 아이들보다 훨씬 시끄럽겠지만 식당에 들어가기 전부터 제재당하진 않겠지.

왜 약속이

부담될까

"야, 진짜 미안한데 오늘 야근이라 못 볼 것 같아. 다음에 보자."

퇴근 30분 전 날아든 친구의 약속 취소 문자. 1년 만에 얼굴이라도 잠깐 볼까 했더니. 취준생 때는 돈 벌고 싶어서 못 봤는데 이제는 돈 버느라 바빠서 못 본다. 문득 아쉬움이 밀려온다. 약속에 대한 해방감과 함께.

약속은 왜 부담될까. 일단 만나면 정말 좋은데 말이다. 비슷한 나이, 비슷한 취향, 비슷한 고민을 하는 오랜 친구를 만나면 직장 동료와 할 수 없는 깊은 이야기를 나눌 수 있다. 먼저 연애 상황을 보고한 뒤 직장 욕을 하다가 연예인 이야기 또는 군대 이야기로 빠지는 식이다. 만난 지 40분 만에 1년치 이야기를 업데이트하면 서로 스마트폰을 힐끔거린다. 친구의 SNS에는 우리의 만남이 게시되어 있다. 역시 '좋아요'를 누르는 게 의리겠지.

박자를 지키고 싶은 마음
쿵짝 쿵짝 쿵짜작 쿵짝 네 박자 속에
사랑도 있고 이별도 있고 눈물도 있네.

송대관 씨가 부른 '네 박자'의 가사는 진짜다. 우리네 인생을 노래하는 대중가요의 대부분이 4분의 4박자다. 오죽 많이 쓰이면 Common time, 즉 '흔한 박자'라고 불릴까. 4분의 4박자의 매력은 규칙적인 정박에서 오는 안정감이다. 전자 댄스 음악을 생각해보라.

쿵! 쿵! 쿵! 쿵!

기계적으로 반복되는 박자를 듣다 보면 손발이 알아서 움직인다. 생각할 필요도 없이 흐름에 몸을 맡기면 된다.

출근 퇴근 저녁 수면, 출근 퇴근 저녁 수면. 반복되는 일상에는 4분의 4박자의 아늑함이 담겨 있다. 잠자는 시간까지 지키면서 살아야 하나 싶지만 어김없이 출근 날 아침은 밝아온다. 이렇게 하루하루 정박에 맞춰 살다 보면 약속 같은 엇박자가 낄 마음의 여유가 없어진다.

야근하거나, 과음하거나, 넷플릭스 드라마 새 시즌이 나온 다음 날은 삶의 박자가 어긋나기 쉽다. 인간에게는 자신만의 박자에서 벗어나기 싫어하는 마음이 있는데, 이를 심리학에서는 '현상 유지 편향'이라 부른다.

하던 대로 하고 싶은 마음

현상 유지 편향은 생각의 게으름에서 출발한다. 게을러지는 데는 두 가지 이유가 있다. 의무가 없거나 또는 관심이 없거나.

의무감에 대해 생각해보면, 아침마다 침대에서 나를 뜯어내는 회사에 대한 의무감에 비해 우정의 의무감은 느슨하다. 친구는 상사와 달리 약속 가지고 연봉을 깎지는 않으니까.

관심은 또 어떤가. 대학 다닐 때는 공강 시간에 밥 먹고, 과제하고, 술 먹는 게 자연스러운 박자였다. 하지만 눈에서 멀어지면 마음에서도 멀어질 수밖에 없는 걸까. 요즘의 나는 매일 아침 거울에서 만나는 녀석에게만 오롯이 관심을 쏟는 것 같다.

나를 먼저 찾고 싶은 마음

YOLO^{You Only Live Once}.

사람은 누구나 단 한 번의 인생을 산다. '지구는 둥글 다'처럼 당연한 말이다. 하지만 모든 선택에 앞서 이 문 장을 한 번씩 되뇌는 것은 다른 문제다. 이토록 당연한 문장에 많은 이들이 열광했던 까닭은 이토록 당연한 문 장을 잊은 채 살았던 것에 대한 반작용일 것이다. 지금 부터라도 본인 삶의 주인으로서 살아가려는 다짐, 즉 욜 로는 본인과의 약속이다.

욜로는 문제의식을 느끼게 한다.

'내가 진짜 원하는 게 뭘까?'

1인 가구, 혼밥, 혼술. 예전에는 청승맞아 보이던 것 들이 이제 나를 위한 선택으로서 당당히 빛난다. 하지 만 인간이 관심을 가질 수 있는 총량에는 한계가 있기 에 '나'한테 집중할수록 타인에게 쏟는 관심은 줄 수밖 에 없다. 앞서 말했듯 인간은 관심 없는 대상에 게을러 진다.

만남의 값은 얼마일까

우리가 정말 '나 혼자' 충분하다면 시도 때도 없이 SNS를 하는 이유는 왜일까. 짐작하건대, SNS를 켜면 친구가 어디서 뭘 먹고 누구랑 뭘 하는지 굳이 만나지 않아도 곁에 있는 것처럼 알 수 있으니 만남에 절실하지 않아진 게 아닌가 싶다.

우리는 인류 역사상 최초로 그리움을 상실한 시대를 살고 있는지도 모른다. 친구보다 스마트폰이 가깝고, 대화보다 SNS가 빠르고, 혼자 먹는 밥과 술이 점점 편해진다. 자연스럽게 만남이라는 가치가 점점 사치가 돼 간다.

이토록 많은 난관에도 불구하고 우리는 만난다. 아니 만나야만 한다. 돈과 시간이 든다고 해도 우리는 친구이니까 말이다. 감히 우정에 값을 매길쏘냐. 그래도 계산은 각자 하기로 하자.

'그래. 비행기에서 펼친 가이드북에 있었지. 인도에서는 뒤차가 경적을 울리지 않았는데 사고가 날 경우 모든 책임을 뒤차 운전자가 지기에 경적을 울리는 게 생활화되어 있다고. 아, 그때 비행기에서 내렸어야 했는데.'

뉴델리에서의 둘째 날 아침 경적 때문에 잠에서 깼다. 자글자글 끓어오르는 아열대의 공기, 베갯잇 깊숙한 곳에서 올라오는 고릿한 강황 냄새. 차라리 간밤에 꾼 악몽 속으로 돌아가고 싶었다. 오감으로 애국심을 느꼈다.

경적으로 시작해서, 경적과 함께, 경적으로 마무리되

는 하루.

"왜 이렇게 경적을 울리나요?"

오토릭샤 기사의 귀에 대고 외쳤다. 그는 경적으로 서로의 위치를 확인할 수 있다고 했다. 백미러도 필요 없다고. 이들에게 경적은 교통 신호나 차선보다 중요한, 반드시 지켜야 할 운전자 간의 신호였다. 비가 한두 방울 떨어졌다. '비가 오려나' 하는 생각에 마침표를 찍기도 전에 하늘에서 폭포가 쏟아졌다. 도로는 어느새 강으로 변했다.

"인크레더블."

나는 인도 관광청의 슬로건을 연신 되뇌었다.

강철의 갑옷 속에 숨어

면허 딴 지 얼마 안 됐을 때였다. 아버지 차로 고속 도로에 올랐는데 눈도 깜빡이지 못할 정도로 긴장했다. 대전 즈음이었을까. 온몸의 신경을 곤두세웠던 탓인지 눈이 스르르 감겼다.

"빠앙!"

경적에 혼비백산해서 갓길에 차를 세웠다. 핸들을 움켜쥔 손이 덜덜 떨렸다.

경적이 아니었다면 큰 사고로 이어질 수 있었다는 생

각에 아직도 오싹하다. 그렇다. 화재경보기 소리가 불쾌하다고 없앨 수 없듯 경적 또한 위험을 경고하기 위해서 존재해야만 한다. 그런데 문제는 경적을 위험 경고 수단이 아닌 감정 분출 수단으로 쓰는 사람들이 많다는 점이다. 강철의 갑옷 속에 숨어 가슴에 쌓인 분노를 끌어모아 경적을 때리는 것이다.

"야 이, 빠앙!"

저도 욕은 합니다만

한 교수가 미국 음향 학회에 불쾌감을 줄이는 경적에 대한 논문을 발표해 큰 관심을 받았다고 한다. 역시 경적에 대한 불쾌감은 진지한 연구 대상이 될 만큼 공감을 얻는 주제인가 보다. 초보 운전 때는 경적이 울리면 무슨 큰일이라도 나는 줄 알았다. 그런데 가만 보니 위험이 발생하기 전보다 위험한 순간이 지나고 나서 경적을 울리는 사람이 많았다.

"운전 똑바로 해, 빵빵아."

창문을 내리고 친히 말로 해주는 분도 있었다.

심리학자들에 따르면, 억눌려 있던 부정적인 감정이 언어로 폭발하는 것이 욕이라고 한다. 그런데 이 욕이 때로는 언어가 아닌 다른 형태로 폭발하기도 한다. 가운

뎃손가락이나 경적처럼 말이다.

나는 시속 80만 돼도 툴툴거리는 낡은 경차를 모는데 신호 앞에서 잠깐만 버벅대도 여지없이 뒤에서 경적이 울려온다. 조수석에 앉은 친구는 외제 차를 사라고 조언했다.

'돈 없거든, 빵빵아!'

사람 많은 천국은 없다

경적을 무서워했기에 운전이 달가웠던 적이 없었다. 이런 내가 운전을 좋아할 수 있을지 나도 몰랐다. 아이슬란드 여행 전까지는 말이다. 차를 빌려 아이슬란드 일주를 하게 됐다. 차창 너머로 비현실적인 하늘이 보였다. 해가 질 때면 금색으로 시작해서 복숭아색으로, 자몽 속살 같은 다홍색으로, 보랏빛 도는 군청색으로 시시각각 색이 변했다.

운전하다 나도 모르게 현실의 경계를 지나 다른 쪽으로 넘어온 기분이었다. 아이슬란드에서 태어나지 않은 것이 다행이라 생각했다. 이 아름다운 풍경도 매일 보면 지겨워질 텐데 너무 아깝지 않은가.

아이슬란드의 면적은 한반도와 비슷한데 인구는 제주도의 절반이다. 그래서인지 여행 내내 경적으로부터 자유로웠다. 우리나라에서는 매일 두세 번씩 들어야 하는 경적 소리를 아이슬란드에서는 열흘 동안 단 한 번도 듣지 못했다. 진짜 단 한 번도. 땅덩이는 아이슬란드보다 좁은데 사람은 훨씬 많고, 사람이 많으니 차도 훨씬 많고, 차가 많으니 경적도 훨씬 잦을 수밖에. 역시 사람 많은 천국은 없나 보다.

당당하게 안전 운전

경적이 무섭다고 운전을 하지 않을 수는 없다. 우리 모두 가야 할 길이 있지 않은가. 해결할 수 없는 문제는 문제가 아니라는 말이 있듯 우리나라에 사람이 많다는 것은 진짜 문제가 되기 어렵다. 그렇다고 위험을 경고하는 경적을 아예 없애버리는 일 또한 불가능하다. 결국 내가 경적에 적응하는 수밖에 없다.

살다 보면 앞에서 못할 짓을 뒤에 숨어서 하는 인간들을 만난다. 자동차 안에 숨어, 온라인의 익명성 뒤에 숨어 자기 생각이 일방통행이라 착각하며 '빠앙! 빠앙!' 경적을 울려대는 인간들. 경적을 울리느냐 마느냐는 운전자의 선택이다. 하지만 그 경적에 상처받고 덜덜 떠는 것이 듣는 사람의 유일한 선택지는 아니어야 한다. 신호와 차선을 지키며 운전하고 있다면 경적 앞에 조금 더 당당해져도 된다. 모쪼록 경적에 흔들리지 말고 당당하게 안전 운전하길.

왜 생일에 케이크를 먹을까

매년 1월 1일이면 온 국민이 한 살씩 늙는다. 12월 말에 태어난 사람은 서운할지도 모르겠다. 하지만 우리나라에서는 나이도 군대처럼 선착순이다. 전 세계에서 유일하게 '세는 나이'를 쓰는 우리나라의 경우 '만 나이'를 쓰는 다른 나라보다 생일의 중요성이 덜하다고 생각한다.

그런데도 우리는 매년 생일 축하와 케이크를 주고받는다. 선물은 없어도 케이크는 있어야 생일답다. 생일 케이크, 웨딩드레스, 크리스마스 등 물 건너온 것들이 이제는 자연스러움을 넘어 당연스럽다. 옛날에는 이것들 없이 어떻게 살았나 싶다.

아주 오래된 이야기

생일 케이크는 아주 오래된 전통이다. 고대 그리스인
들은 보름날을 달의 여신 아르테미스의 생일이라 여겼
기에 보름달이 뜰 때마다 달 모양의 둥근 빵을 만들어
바쳤다고 한다. 신에 대한 숭배는 인간에 대한 숭배로
이어졌다. 로마 시대에 들어 황제에게 바치는 빵을 만드
는 사람과 케이크 만드는 사람을 구분하기 시작하면서
생일 빵은 케이크로 대체되기 시작했다.

촛불을 불어 끄는 풍습은 중세 독일에서 유래를 찾아
볼 수 있다. 당시 독일 사람들은 생일을 맞은 아이에게
촛불을 켠 케이크를 선물했다고 한다. 오늘날과 비슷하
게 아이는 초를 단숨에 불어 끄며 마음속으로 소원을 빌
었다고 전해진다. 그때부터 오늘날까지 이뤄지지 않은
수많은 소원이 촛불과 함께 스러진 것이다.

귀빠진 날

우리나라에도 생일에 관한 오랜 풍습이 있다. 아기가
태어난 지 1년째 되는 날 돌잔치를 여는데, 이는 열두
달을 한 바퀴 '돌'았다는 뜻이다. 영아 사망률이 높았던

옛날에 아이의 생존을 축하하고 장수를 기원하기 위해 돌잔치를 열었다고 한다. 그래서인지 액운을 물리친다는 수수팥떡을 지어 돌상에 올렸다. 지금이야 케이크로 바뀌었지만 과거에는 열 살 무렵까지 매년 생일상에 수수팥떡을 올렸다고 한다.

흔히 세 돌 이후부터 태어난 날이 돌아오면 생일이라고 부른다. 생일이 '귀빠진 날'인 이유는 출산할 때 귀가 빠져나오는 순간이 가장 힘든 고비라서 그렇다. 생일날에 미역국을 올리는 풍습 역시 산모와 관련이 깊다. 그래서일까. 케이크와 달리 미역국은 어머니를 떠올리게 한다.

260

백세 시대

우리나라 사람들은 대체 언제부터 케이크를 먹었을까. 한국 최초의 서양식 제과점은 일제 강점기 시절 전라북도 군산에 세워졌다고 한다. 일본인이 운영하던 제과점을 해방 후 한국인이 인수해 현재까지 운영하고 있다. 하지만 케이크는 해방 후에도 오랫동안 대중에게 생소한 음식으로 남았다. 사실 케이크가 대중화된 것은 정부의 공이 컸다. 1970년대에 쌀값 통제를 위해 정부에서 강행한 '분식 장려 운동'에 의해 빵 같은 밀가루 식품이 대중화되기 시작한 것이다.

이제는 수수팥떡보다 케이크가 익숙하다. 하지만 모든 전통이 외국 것으로 대체되지는 않는다. 환갑 같은 전통이 점점 사라지는 이유는 그 의미가 퇴색했기 때문이다. 마흔 정도가 평균 수명이었던 조선 시대에 환갑은 경사였다. 그러나 백세 시대라고 불리는 지금 부모님에게 환갑 이야기를 꺼내면 '내가 무슨 늙은이냐'며 되레 화낸다. 시대의 변화에 따라 전통은 진화하거나 퇴화한다.

점점 더 멀어져 간다

끝으로 케이크와 함께 받는 '축하'라는 말의 의미에 대해 고민하지 않을 수 없다. 축하는 원래 업적을 치하하는 말 아니던가. 열두 달이 한 바퀴 도는 동안 생존했다는 데 대한 축하일까 아니면 만 나이로 한 살 더 먹은 데 대한 축하를 가장한 위로일까. 결혼이나 취업처럼 요즘 세상에 흔치 않은 업적이야말로 축하가 마땅하다. 그런데도 축하받지 못한 생일에 섭섭해지는 까닭은 '생일 축하'라는 헛꽃 뒤에 우정과 사랑이라는 참꽃이 숨어 있기 때문인 것 같다.

세는 나이로 서른이던 해 친구들과 함께 생일을 보냈

다. 평소 안부도 묻지 않는 내게 먼저 연락하는 친구들이 늘 고맙다. 만 나이로 20대인 친구도 있었지만 세는 나이로는 모두 서른이었다. 김광석의 '서른 즈음에'는 분명 세는 나이를 뜻할 것이다. 세는 나이 덕에 동갑내기 친구들과 함께 서른을 나눌 수 있어 다행이다.

263

'가족 같은 분위기의 회사'라는 말을 가끔 듣는다. 이 수
식어가 진실이라면 가족이라는 이름 아래 희생을 요구
하며, 서로에게 소홀하고, 아무렇지 않게 막말을 나누는
회사일지 모른다. 물론 아주 적은 확률이나마 화목과 배
려가 넘치는 따뜻한 분위기의 회사일 수도 있다. 일반적
인 가족과는 다르게 말이다. 아무튼 가족 같은 분위기라
는 상투적인 말을 생각 없이 쓰는 고리타분한 회사임은
틀림없다.

어제는 엄마의 음력 생일이었다. 우리 가족은 음력 생

일을 챙기는데, 아무도 음력 날짜를 제대로 모르기에 엄마가 모두의 생일을 챙겨왔다. 생일을 며칠 앞두고 가족 단체 메시지 방에 '다음 주 무슨 요일 누구 생일이다'라는 식으로 말이다. 하지만 엄마는 차마 본인의 생일까지 스스로 챙길 수는 없었다. 생일 당일에 엄마는 본인 생일을 아무도 챙기지 않는다며 넋두리했고, 나를 포함한 나머지 가족은 빠른 사죄와 진심 어린 축하의 말을 전했다. 살다 보면 이렇게 가장 가까운 사람에게 가장 소홀할 때가 있다.

우리 할머니

엄마는 30년 넘게 시어머니를 모시고 있다. 엄마의 시어머니, 그러니까 나의 친할머니는 함께 살기 쉬운 사람이 아니다. 일단 할머니는 '너무' 긍정적인 사람이다. 내가 좋으면 남도 좋다고 생각해서 남 속이 타는 줄 모르신다. 그리고 사람 말을 '너무' 잘 들으신다. 그래서 사기를 많이 당하셨다. 사기로 재산을 잃기 전에는 집안 형편이 넉넉했다고 한다. 그래서인지 누가 수발드는 것을 참 좋아하신다. 엄마는 당신 남편과 시어머니가 지금은 부자가 아닌 게 오히려 다행이라고 한다.

아버지가 어렸을 적에 할머니는 한번 외출하면 집에

돌아오실 줄을 몰랐다고 한다. 그래서 아버지는 할머니, 그러니까 본인의 어머니가 지은 밥을 먹은 적이 별로 없단다.

할머니에 관해 이야기할 때 고집을 빼놓을 수 없다. 30년이 넘었으면 적응될 만도 한데 할머니의 고집은 늘 새롭다. 인공 관절 때문에 굽혀지지 않는 무릎처럼 할머니의 고집은 완강하다. 다른 사람의 취향이나 마음은 고려하지 않고 본인이 좋은 방식대로 사랑을 베푸신다. 할머니 덕에 배웠다. 사랑도 강요가 될 수 있다는 것을.

아, 할머니

올 설에는 할머니 때문에 구급차를 불렀다. 재작년 무릎 수술 후 급격히 약해진 할머니의 허벅지 뼈가 베란다에서 간장을 푸던 중에 두 동강이 났기 때문이다. 할머니를 업은 건 그때가 처음이었다. 엄마가 낮잠을 주무시고 아버지는 외출한 사이 아버지 먹일 콩자반을 만들려고 하셨단다. 냉장고에서 반찬이 썩어나도, 무릎이 아파 걷기조차 힘들어도 할머니의 내리사랑은 막을 수 없었다.

며칠 뒤 병문안을 갔더니 대뜸 휴대 전화를 내밀며 전화를 걸어보라고 하셨다. 그 길로 20분 동안 할머니의 귀에 휴대 전화를 갖다 대고 있었다. 팔이 저려 손을 바꿔가며 들어야 했다. 나중에 엄마한테 이야기했더니 할머니 팔은 멀쩡한데 그걸 왜 들고 있었냐고 한다.

아, 할머니. 뒤돌아서면 가슴이 먹먹해지다가도 만나면 10분 만에 다른 이유로 가슴이 먹먹해진다. 아무리 생각해도 부모님과 함께 사는 효자, 효녀는 대단하다. 세상에서 가장 가까운 사람들이지만 역설적으로 가족 간의 사랑에는 거리가 필요한 것 같다. 육체의 접근성이 중요한 연인 간의 사랑과 달리 가족 간의 사랑은 오히려 거리에 비례하는 게 아닐까.

마치 공기처럼

가족은 세상 누구보다 편하다. 이틀 동안 머리를 감지 않은 채 소파에 드러누워 방귀를 뀌어도 괜찮을 정도로 편하다. 숨김없는 몸가짐처럼 마음가짐도 마찬가지다. 예의라는 정장 속에 숨긴 이기심과 까칠함을 가족들 앞에서는 굳이 숨기지 않아도 된다. 그렇지만 인간은 편한 만큼 추해질 수 있다.

'익숙하다'라는 말은 더는 의식하지 않는다는 말일까. 마치 산 지 반년이 지난 휴대 전화처럼 말이다. 평소에는 공기의 소중함을 모르다가 물에 빠져보고 나서야 공기의 소중함과 물의 무서움을 깨닫는다. 가족에게 소홀

한 이유는 어쩌면 가족 관계가 익사 직전까지 간 적이 없기 때문일지도 모른다. 가족은 언제나 내 곁에 있을 것이라는 믿음 때문일 수도 있고…. 있을 때 아끼기란 쉽지 않다.

사랑이 충분할까

뒤늦은 엄마의 생일을 위해 나는 향수를, 동생은 수제 당근 케이크와 미역국을 준비했고 아버지는 설거지를 했다. 다 같이 손뼉을 치며 '사랑하는 우리 엄마 생일 축하합니다'라는 노래도 불렀다. 문득 부모님에게 사랑한 다는 말을 1년에 한 번쯤 한다는 생각이 들었다. 그것도 노래 가사로 말이다.

그런데 이 사랑이라는 말이 충분할까. 표현하기 전에 는 알 수 없는 게 마음이라는 것을 알지만, 사랑이라는 말로 모든 것을 대신하는 게 조금 건성처럼 느껴진다. 물론 쑥스러움도 크다. 그래도 변명하자면 사랑한다는 한마디에 뭉뚱그려 담기에는 뭔가 넘치기 때문이다.

왜
얼
음
을

깨
야
할
까

'아이스브레이커스'라는 사탕이 있다. 아이스브레이커스란 제품명은 'Break the ice', 즉 어색한 분위기를 푼다는 영어 관용구에서 따왔다. '아이스 브레이킹'이라하면 발표 첫머리에 던지는 그 재미 없는 농담이 맞다.

아이스 브레이킹은 주로 발표나 회의 때 쓰이는 의사소통 기술이지만, 파티나 모임에서 처음 만난 사람과 분위기를 푸는 데 일상적으로 쓰이기도 한다. 그래서인지 아이스브레이커스 사탕은 단순한 군것질거리가 아니라 구취 제거에 효과가 있게 만들어졌다. 사탕을 건네며 분위기를 풀고 구취도 제거해주니 마음 편하게 대화하라는 뜻에서 지은 이름이라 볼 수 있다.

낯가림의 흔적

낯가림은 생존 본능이다. 아이가 낯선 사람에게 느끼는 불안감이란 생존 확률을 높이는 반응이라고 할 수 있다. 나이가 들고 여러 관계에 익숙해지면서 유아 때처럼 적극적으로 불안감을 표출하지는 않지만, 성인이 돼서도 낯선 사람에게는 방어적일 수밖에 없다. 이럴 때 아이스 브레이킹은 턱까지 올렸던 가드를 조금 내려놓게 해준다. 다시 말해, 안심을 위한 의사 표현이다.

동물도 친한 가족이나 친구를 만나면 기쁘게 인사한다. 동물은 인사를 통해 공격하지 않겠다는 의사를 표현하기 때문에 동물 사이에서 인사는 매우 중요하다. 예를 들어, 개가 수평으로 크게 꼬리를 흔드는 것은 기쁨의 표현이다. 또는 꼬리를 내려 호의나 복종을 표시하기도 한다. 아이스 브레이킹의 방법은 여러 가지일 수 있지만, 본질은 개가 꼬리를 흔드는 것처럼 자연스러운 행동이어야 한다. '공격하지 않겠다, 친하게 지내자'라는 일종의 사회적 약속처럼 말이다.

혼자 먹기와 나눠 먹기

다시 아이스브레이커스 사탕으로 돌아가서, 이 사탕에서 또 하나의 흥미로운 점은 미국 내수용 제품과 우리나라에서 정식 수입한 제품의 차이다. 얼핏 보면 뚜껑이 두 개 달린 통의 모양새는 같아 보인다. 그런데 미국 제품은 사탕이 하나씩 나오도록 만든 작은 뚜껑에는 'not to share(혼자 먹기)', 손가락을 넣어 사탕을 집을 수 있게 만든 큰 뚜껑에는 'to share(나눠 먹기)'라고 쓰여 있다. 반면 우리나라 제품은 작은 뚜껑에 'one', 큰 뚜껑에 'many'라고 쓰여 있다.

작은 뚜껑에서는 하나, 큰 뚜껑에서는 여러 개라니 이 얼마나 직관적인가. 굳이 나눠 먹으라고 강요하지 않는 점이 담백하다. 미국 사람은 나눠 먹기 좋아하고 우리나라 사람은 혼자 먹기 좋아해서 이렇게 바꾼 걸까. 오히려 그 반대 아니었던가. 지금도 그럴지는 모르겠지만, 내가 배운 교과서에서는 동양인은 집단주의 성향이 강하고 서양인은 개인주의 성향이 강하다고 가르쳤다. 한국 같은 집단주의 문화에서는 나보다 우리를 중요하게 생각한다고 했는데, 이 '나눠 먹기'의 부재는 대체 웬 말인가.

집단과 개인

집단주의와 개인주의, 상호 의존성과 독립성. 이유 불문하고 무조건 암기해야 했던 당시에 동양인을 은근히 낮춰 보는 듯한 교과서 내용이 불편했다. 열등감 때문이 아니라 진실이 아닌 것 같다는 찜찜한 느낌 때문이었다. 상대적으로 동양인에게 '우리'가 더 중요한 것 같기도 했지만, 서양인의 문화나 성향을 잘 몰랐기에 개운하게 반박할 수 없었다.

1960, 70년대에 미국이 심리학계를 이끄는 과정에서 서양인은 독립적이고 동양인은 집단에 의존한다고 구분했다. 미국 문화를 해석하는 데 중심 개념인 자존감, 개방성 등의 개념을 타 문화에 그대로 적용한 것이다. 사실 동양인을 집단주의 성향으로, 서양인을 개인주의 성향으로 나누는 비교 문화 심리학은 여러 문제 제기와 비판 끝에 이제는 비주류로 밀려난 지 오래다. 다른 문화를 해석하는 데 미국의 기준을 일방적으로 적용했다는 이유였다. 이는 인종에 표준이 있다는 오류나 다름없었다.

다름과 같음

회사에 다니다 보면 첫 만남에 대뜸 학교나 고향을 물

어보는 사람이 있다. 서로 공통점을 발견하는 일은 기쁘지만, 이 느슨한 공통점이 공적인 판단에 영향을 미칠 수도 있다. 때문에 '연고주의'를 한국 사회의 고질병이라 여기는 사람이 많다.

　나로서는 연고주의 하면 미국 만화 영화 '심슨 가족'의 한 에피소드가 떠오른다. 면접관이 대학 동기를 면접도 보지 않고 채용한 이야기였다. 결국 주인공인 호머심슨은 면접 기회조차 얻지 못하고 미끄러진다. 미국과 한국의 문화는 분명 다르지만, 사람 사는 데 거기서 거기라고 속을 들여다 보면 비슷한 사회 문제를 안고 있는 듯하다.

왜
나
도
꼰
대
가

될
까

273

인간을 포함해 모든 동물의 생존 본능은 대단하다. 생존 본능은 지구상에 생명을 존속하게 한 가장 근본적이면서 강렬한 욕구다. 나이 드는 것이 세상에서 가장 쉬운 일이라는 말도 있지만, 이 험한 세상에서 살아남았다는 것은 생존을 위한 지식과 경험을 많이 쌓았다는 뜻이기도 하다. 그래서인지 소위 꼰대에게 본인의 삶은 본인이 옳다는 증거 그 자체다.

꼰대들은 스스로 삶을 포기하는 안타까운 일이 많은 이 녹록지 않은 세상에서 서른을 넘도록 생존한 것 자체

가 일종의 성취라고 치부한다. 어쩌면 꼰대가 나누고자
하는 것은 이런 생존 지식일 수 있다. 꼰대에게 실패는
우연이며 성공은 실력이다. 어찌 보면 꼰대는 사람을 밟
고 올라서는 데 도가 튼 사람들이다. 돈, 명예, 지식, 도
덕성까지 그들은 모든 것을 권력처럼 휘두른다. 심지어
나이를 포함해서 말이다.

젊은 꼰대 잠 깨어 오라

꼰대는 원래 나이 많은 남성을 가리키는 비속어였으
나, 지금은 남녀 불문하고 자기 생각을 타인에게 강요하
는 사람을 가리키는 말로 의미가 바뀌었다.

요즘은 '젊은 꼰대'라는 말이 종종 보인다. 장난감 대
신 기관총을 손에 쥔 어느 아프리카 소년처럼 젊은 꼰
대는 어린 시절부터 잔혹한 경쟁을 뚫고 생존했다. 젊은
꼰대는 젊음의 패기와 나름의 생존 지식으로 중무장한
역전의 용사다. 남부끄럽지 않은 대학과 바늘구멍보다
좁은 취업 문을 통과했기에 젊은 꼰대는 거침이 없다.
대체로 젊은 꼰대가 늙은 꼰대보다 해롭다. 젊은 꼰대와
달리 늙은 꼰대는 월급이라도 주니까.

꼰대는 폭력이다

꼰대의 가장 큰 문제는 폭력성이다. 꼰대는 육체가 아닌 영혼과 자존감에 상처를 입힌다. 한 친구의 이야기다. 수영을 마치고 몸을 씻는데 옆자리의 중년 여성이 '그런 수영복 입으면 수영 잘 안 되는데'라고 말했다고 한다. 기분 좋게 수영하고 나서 갑자기 수영복의 기본도 모르는 사람이 돼버린 친구는 '네?'라고 퉁명스럽게 반문했다. 그 사람은 '요즘 젊은것들은 말해도 듣지를 않아'라고 중얼거리며 나갔다고 한다.

일상에서 가끔 부딪히는 꼰대의 한마디는 소확통이다. 다시 말해, 작지만 확실한 통증이다. 소위 '꼰대질'을 당하는 것은 접촉 사고와 비슷하다. 본인이 아무리 조심해도 옆에서 차선을 넘어오면 부딪힐 수밖에 없다. 접촉 사고와 다른 점이라면 가해자가 당당하다는 점이다. 버스에 앉아 있다가 등산 가방이나 장바구니에 머리를 부딪혀본 사람은 알 것이다. 피해받은 사람보다 피해 준 사람이 초연할 때가 많다.

너 좋으라고 하는 말 아니야

"너 좋으라고 하는 말이야."

가해자가 당당해질 수 있는 마법의 문장이다. 처음 사

낭을 나서는 후배에게 생존 지식을 전하는 것이 사회적 동물인 인간의 본능이자 선배의 의무일지도 모른다. 앞서 말했듯 본인의 생존 지식을 나누려는 의무감은 이해한다. 하지만 그 의무를 권리라고 착각해서는 안 된다. 상대가 바라지 않은 충고는 '나는 옳고 너는 틀렸다'라는 감정적 비난으로 들리기 쉽다.

나도 꼰대가 되기 위한 모든 조건을 갖췄다. 한국인이자 남자다. 나이가 들면서 후배도 늘어났다. 대학 후배와 군대 후임을 거쳐 이제 직장 후배까지 생겼다. 이들의 낯선 생각을 만나면 신선함을 느낄 때도 있지만, '그건 아닌데' 하는 생각이 스멀스멀 기어오를 때가 더 많다. 특히 그 낯선 생각이 내가 속한 조직에 영향을 미칠 정도라면 더욱 그렇다.

인간이 문제다

다행히 내가 속한 조직은 타 직종보다 꼰대 문화가 덜한 편이다. 서로의 같음이 물리적으로 결합한 힘보다 서로의 다름이 화학적으로 결합했을 때의 힘을 믿는 직종에 종사하기 때문이다. 적어도 나는 그렇게 믿는다. 꼰대를 피하기에만 급급하던 나도 어느새 잔소리와 포용 사이에서 갈등할 때가 많다. 생각은 이미 꼰대라는 증거다. 행동마저 꼰대가 되지 않기 위해 노력할 뿐이다.

조직 생활에서 꼰대를 피한다는 게 말처럼 쉽지 않다. 사실 피할 수 없기에 고통스럽다. 하지만 집단생활은 인간의 숙명이다. 지구상에 이렇게 광범위한 집단을 만들어 사는 생명체는 인간밖에 없다. 어쩌면 인간으로 태어난 자체가 문제일지도…. 중요한 것은 그 문제를 해결하기 위해 노력하느냐, 문제인 채로 남겨놓느냐다.

279

고대 그리스 하면 흔히 민주주의를 떠올리지만 그에 못
지않게 탁월했던 것은 외모 지상주의다. 어느 정도로 대
단했는가 하면 소크라테스처럼 못생긴 사람이 어떻게
지혜로울 수 있는지 온 시민이 궁금하게 여겼을 정도였
다. 아름답기로 유명했던 프리네라는 창녀는 죄를 짓고
도 외모 덕에 사형 선고를 면할 수 있었다고 하니 말 다
했다.

　3,000년이 지난 지금도 여전히 외모를 가꾸기 위한 노
동이 성행한다. 매일 아침 깎아야 하는 수염은 마치 시

시포스의 형벌 같다. 여성이 강요받는 외모 노동은 더하다. 곡괭이를 짊어지는 광부처럼 얼굴에 화장을 이고 길을 나서야 한다. 남녀 불문하고 더 나은 외모를 위한 성형이 일반화됐다. 코를 째서 보형물을 집어넣거나 턱뼈를 파내는 목숨을 건 노력을 생각해보라. 고작 비염 수술로 죽네 사네 사경을 헤맨 나로서는 상상조차 할 수 없는 일이다.

능력과 실력

외모가 실력인지 아닌지를 따지기에 앞서 '실력'이라는 말의 의미부터 정확하게 알아야 할 것 같다. 실력만 따로 놓고 고민하기보다 비슷한 말인 '능력'과 비교해보면 그 뜻을 파악하는 데 도움이 될 듯하다. 능력과 실력은 채소와 야채처럼 뒤섞어 쓰는 말이지만 둘은 분명 다르다.

능력은 '어떤 일을 해낼 수 있는 힘'이라고 한다. 따라서 능력은 과제를 전제한다. 예를 들어, 운전이라는 과제를 수행할 수 있는 사람에게 운전면허를 발급한다. 면허는 운전 능력에 대한 보증이라고 볼 수 있다. 하지만 운전면허만으로는 그 사람의 운전 실력을 알 수 없다. 실력은 '실제로 가진 힘'이다. 능력이 수행에 대한 가능 여부를 따진다면, 실력은 수행에 대한 역량을 판단하는

말이다. 쉽게 말해, 운전 능력이 없는 운전자가 있어서
는 안 되지만 운전 실력이 나쁜 운전자는 있을 수 있다.

외모의 힘

외모를 실력이라 가정한다면 그 힘은 무엇일까. 외모
에 근거한 판단은 시력을 가진 생명체의 본능이 아닌가
싶다. 화려한 깃털을 가진 수컷 공작새의 윗꽁지덮깃은
흥미로운 예다. 같은 종의 개체 간에 변이가 생겼을 경
우 환경에 적합한 개체만 생존한다는 것이 다윈의 '자
연 선택'이다. 그런데 수컷 공작새의 커다란 깃은 숨거
나 도망가는 데 어려워 생존에 불리하다. 즉, 자연 선택
만으로는 설명할 수 없는 특성이다.

하지만 동물에게 생존만큼 중요한 것은 번식이다. 종
의 유지에 가장 효율적인 방법이기 때문이다. 수컷 공작
새의 깃은 생존에 불리할지언정 번식에는 유리했다. 이
를 성 선택이라고 한다. 외모의 힘은 이런 성 선택에 유
리하다는 점이다. 번식은 생존과 더불어 동물의 가장 기
초적인 본능이니까.

인간의 외모란 무엇일까

그런데 성 선택으로 인해 외모가 중요시됐다고 하기

에 인간의 외모는 인구의 규모만큼 다양하다. 재력이나 권력 등 다양한 요인이 번식에 영향을 미쳤을 것이기 때문이다. 게다가 인간은 생존 또는 번식 이상의 가치를 선택할 수 있는 동물이다.

연예인의 경우 외모를 잘 관리하는 것이 실력일 수는 있겠다. 그러나 덮어놓고 외모를 실력이라 하기에는 외모가 역량으로서 일에 영향을 미치는 사례가 생각보다 적다. 그럼에도 외모에 대한 집착과 편견은 항상 화두에 있다. 어찌해서 고대 그리스는 인류에게 민주주의뿐만 아니라 외모 지상주의까지 물려준 건가.

282

세상이 원래 그 모양인지

외모를 일종의 '스펙'으로 보는 경향은 취업과 연애 시장에서 일반적이다. 명문대나 대기업을 다녀야만 가입할 수 있는 어느 데이트 앱에 관한 기사를 읽은 적이 있다. 십만 명이 넘게 가입한 앱이라고 했다. 그런데 남성과 여성에게 요구하는 가입 조건이 달랐다. 여성은 외모 평가 점수를 통해 가입할 수 있다고 했다.

해당 기사의 댓글 창은 전쟁터였다. 그중에서 세상이 원래 그런데 뭐가 문제냐는 댓글이 눈에 띄었다. 맞는 말이다. 세상은 원래 그 모양이다. 내가 아무리 외모는 실력이 아니라고 믿는다 해도 이미 우리는 외모가 실력인 세상에 놓여져 살고 있다. 외모는 실력이 아니라고 믿더라도 믿음과 현실이 다르기에 괴로울 뿐이다.

왜
닭
다
리
는

소
중
할
까

밥상머리에서 쉽게 용서받지 못할 일이 있다. 함부로 닭 다리를 집는 일이 그렇다. 음식 중에서도 유독 닭 다리에는 얽힌 이야기가 많다. 선배가 치킨을 시켰는데 외동으로 자란 신입생이 혼자서 다리 두 개를 다 먹었다는 사연처럼 말이다. 닭 다리만큼 시간, 장소, 상황을 타는 음식이 또 없다. 대체 언제부터 닭 다리가 중요했을까.

한반도에서 닭고기를 먹기 시작한 역사는 아주 오래됐다. 정확한 기록은 없지만 대략 2,000여 년 이상 되는 것으로 추정한다. 다양한 닭 요리가 전해 내려오는 와중에 삼계탕과 영계백숙 등 여름철 보양식이 특히 유명하다. 영양 부족이 되기 쉬운 여름 복날의 삼계탕은 조상의 지혜였다. 이때 닭을 잡으면 집안의 어른에게 다리를 대접하는 것 또한 오랜 풍습이었다고 한다.

혼자 먹기 미안한 맛

어떤 이는 한 마리에 두 개씩밖에 나오지 않으니 다리가 귀한 것이라 한다. 그런데 개수로 따지자면 하나밖에 없는 목이 가장 귀할 것이다. 두 개밖에 없어 귀하다고 하기엔 날개도 두 개요, 가슴살도 두 개다. 운동량이 많은 부위라서 그런지 닭 다리의 맛은 특별하긴 하다. 날개보다 부피가 커서 베어 먹는 맛이 일품이며 가슴살과 달리 씹는 질감이 야들야들하고 기름이 고루 배어 있어 퍽퍽하지 않다. 그야말로 혼자 먹기에 미안한 맛이다.

다리를 집을까 말까 눈치 보는 것도 힘든 와중에 골치 아픈 연구 결과가 나왔다. 왼쪽 다리와 오른쪽 다리의 맛이 다르다는 것이다. 닭이 대체로 왼발잡이라 왼쪽 다리가 더 쫄깃하단다. 실제로 왼쪽 다리가 단백질 함량이 높고 지방은 더 적은 것으로 나타났다. 이 연구가 시사하는 점은 사실 왼 다리도 오른 다리도 아니다. 우리나라에서 닭 다리는 연구를 해야 할 만큼 특별하다는 점이다.

이름만 불러도 애틋한

요즘은 복날이 아니고서야 삼계탕을 먹는 일이 드물다. 대세는 역시 이름만 불러도 애틋한 치킨이다. 일찍이 우리나라는 치맥 강국의 싹수를 보였다. 명나라의 약학서인《본초강목》에는 닭 가운데 조선 닭이 가장 맛이 좋다고 했다. 치맥은 이제 우리나라를 넘어 세계에 그 이름을 날리고 있다. 'Chimaek'이라는 영어 단어까지 탄생했다.

치킨의 기원은 미국 남부였다. 농장주들이 가슴살을 먹고 나머지 뼈가 많은 부위를 모아 기름에 튀긴 것이 치킨의 유래라고 한다. 시작은 미미했으나 지금은 국적과 남녀노소를 떠나 누구나 즐기는 대중 음식이 됐다. 그런데 흥미로운 점은 닭 다리에 대한 선호는 우리나라를 비롯한 아시아 일부 국가의 취향이라고 한다. 가슴살을 즐겨 먹는 미국에서 다리는 부산물로 취급한다는 것이다. 가격도 저렴해서 1kg에 4달러 정도로 싸다고 한다. 닭 다리의 위상이 절대적이지 않았다니.

선의의 닭 다리

어렸을 때는 생각 없이 다리부터 집어 먹곤 했다. 머리가 굵어지고 부모와 자식 간의 양보 관계가 역전되면서 요즘은 집에서 치킨을 시키면 '저는 날개가 맛이 좋더라고요'라며 다리를 부모님에게 넘겨준다. 얼마 전 아버지가 삼천포까지 가서 회를 떠 오셨다. 그런데 엄마는 그중에서 전어회만 골라 드셨다. 한참을 아무 말 없이 전어회를 드시다 문득 머쓱해졌는지 전어회 좀 먹어보라고 내게 말씀하셨다. 나는 잔뼈가 많아서 싫다고 답했다. 이제 와 고백하자면 너무 맛있게 드시길래 감히 젓가락질을 하지 못했다.

맛있는 부위를 혼자 독식하기에 미안한 것은 비단 닭고기만은 아닐 것이다. 그럼에도 유독 닭 다리에 대한 갈등이 회자되는 것은 단순히 닭고기를 자주 먹는 데서 비롯된 것일지도 모르겠다.

1인 1닭의 시대를 살며

한때 닭 다리 때문에 이혼했다는 사연이 인터넷을 달군 적이 있다. 남편은 닭 다리를 집으려는 아내 손을 쳐내고 본인 입에 다리 두 개를 쑤셔 넣었다고 한다. 물론 닭 다리 때문에 이혼했단 말은 과장일 수 있다. 하지만 닭 다리 하나조차 배우자에게 양보하지 않으려는 데서 평소의 행동을 유추해볼 수 있지 않겠는가. 우리가 하는 행동 대부분은 사소하며, 사소한 것에서 상대방에 대한 마음이 드러날 수밖에 없다.

생각해보면 닭 다리는 사실 그만큼 소중하지 않다. 닭 요리 자체가 그리 귀하지 않기 때문이다. 요즘은 마음만 먹으면 때와 장소에 관계없이 치킨을 먹을 수 있다. 상대에게 양보하지 않고 다리가 실컷 먹고 싶다면 혼자 시켜도 되는 게 치킨이다.

하지만 모름지기 치킨은 상대의 접시에 닭 다리를 올려주며 함께 먹는 게 제맛이 아닐까.

왜 카페가 넘쳐날까

우리나라는 이미 카페 포화 상태다. 전문가들은 카페 창업으로 살아남을 가능성이 다른 업종 대비 현저히 낮다고 지적했다. 이미 6년 전에 말이다. 그런데도 카페는 꾸준히 늘고 있다. 작년에는 사상 처음으로 전국 9만 점을 돌파했다고 한다. 카페는 은퇴 후 창업 종목으로 치킨집을 제친 지 오래다.

그만큼 카페를 찾는 사람이 많기 때문이기는 하다. 요즘 날씨가 가관이라는 점도 카페를 찾는 이유에 한몫하는 것 같다. 겨울에는 뼈가 시리게 춥고, 여름에는 그 추웠던 기억이 말라 죽을 정도로 덥다. 찰나처럼 짧은 봄, 가을이 되면 미세 먼지가 하늘을 덮는다. 단군이 땅 사기를 당했다는 농담을 그냥 웃어넘기기 힘들 정도니까.

커피 파는 곳이 아니라

올여름 더위는 그야말로 재앙이었다. 곳곳에서 역대 최고 기온을 경신했다. 강원도 홍천은 우리나라에서 기상 관측을 시작한 이래 가장 높은 기온을 기록했다고 한다. 무려 41도. 덥기로 유명한 대구를 제친 것이다.

이처럼 더위나 추위를 피해 카페를 찾기에 카페는 단순히 커피를 파는 곳이 아닌 도시인의 쉼터가 됐다. 오늘은 팀원들과 점심을 먹고 카페를 찾았다. 말도 안 나오는 폭염에 다들 커피가 아니라 맥주를 주문했다. 화산 분화구를 닮은 특이한 유리잔에 빅웨이브를 가득 따라 마셨다.

취향 중립 지역

생각해보면 사무실에 들어가기 싫을 때 갈 수 있는 곳이 많다. 사람에 따라 한강이나 만화방, 피시방에 갈 수도 있다. 하지만 다 함께 가기에는 카페만큼 만만한 곳이 없다. 취향의 중립 지역이기 때문이다. 각기 취향이

다른 사람들이 모여서 가볍게 시간을 보낼 수 있는 적당한 공간이 카페 말고 또 있을까.

카페에 일하러 가는 경우도 왕왕 있다. 외근 나갔다가 업무를 마치고 근처 카페에서 마무리 회의를 하는 식이다. 작은 차이이지만 사무실에서 일하는 것과 그 맛이 제법 다르다. 종일 청바지를 입고 있다가 집에서 편한 바지를 입었을 때의 기분을 상상해보라. 손님보고 얼른 나가라고 만든 딱딱한 의자가 인체 공학적으로 설계된 사무실 의자보다 편하게 느껴진다.

가맹점 장사

프랜차이즈 카페의 이름을 지어달라는 의뢰를 받은 적이 있다. 답사도 할 겸 아모레퍼시픽 본사 건물에 있는 카페에서 의뢰인과 만났다. 작은 도시만 한 건물 안에는 층마다 카페가 몇 개씩 있었다. 의뢰인은 프랜차이즈 카페 사업에서 성공하면 어떤 사업이든 할 수 있을 것 같다고 말했다. 그만큼 경쟁이 치열한 시장이라서 그렇다. 조사에 따르면, 생긴 지 2년도 안 된 카페가 절반이 넘고 5년 이상 된 카페는 10개 중에 3개가 채 안 된다고 한다.

그런데 자료를 보면 볼수록 프랜차이즈 본사만 돈을 버는 것 같았다. '카페'라는 단어로 기사를 검색해보면

이름조차 들어본 적 없는 카페 프랜차이즈를 홍보하려
는 기획 기사가 대부분이었다. 예를 들어, '레드 오션인
카페 시장에서 오랜 세월 버텨온' 또는 '특별한 메뉴로
젊은이들 사이에 인기 있는' 따위의 내용이다. 사람들이
평생 그러모은 종잣돈을 가지고 가맹점 장사를 하려는
속내가 아닐까 의심스러웠다.

낭만은 갔다

안 된다는데도 다들 이렇게 카페를 차리는 이유는 아
무래도 진입 장벽이 낮다는 점이 큰 것 같다. 무엇보다
치킨 튀기는 일보다는 수월하지 않을까 하는 막연한 생
각이 한몫하는 듯하다. 즉, 누구나 할 수 있다는 점이 카
페 창업이 인기 있는 이유 중 하나인 것이다. 그리고 그
점이 바로 카페로 살아남기 힘든 이유 또한 돼버린다.

이처럼 장사가 힘든 카페에서 죽치고 공부하는 사람
들, 소위 '카공족'이 영세 카페 점주에게 눈엣가시가 될
수 있다는 점도 이해가 간다. 점주에게 카페는 낭만의
공간이 아니라 생활이 달린 공간이기 때문이다. 조앤 롤
링은 카페에서 리필받은 커피를 마시며 종일《해리 포
터》를 썼다지만, 우리나라에서 그런 낭만은 찾기 힘들
것 같다. 카페 주인이 건물주가 아니고서야.

왜
선
물
을

할
까

293

선물하는 것을 좋아하는 편이다. 선물이 상대의 취향에 적중할 때마다 마치 다트 판의 중앙을 맞추는 기분이 든다. 부등호를 그리자면 받는 상대의 만족보다 선물을 주는 나의 만족이 중요하다. 상대의 보답도 크게 중요하지 않다. 오히려 보답을 받으면 부담스러워서 다음에는 선물하지 못할 것 같다.

여행을 가면 작은 물건 한두 개를 집어오곤 한다. 이럴 때는 취향이 뚜렷한 사람이 선물 받기에 유리하다. 하와이언 셔츠, 디즈니 피규어, 스노볼, 미니어처 술병

등을 보면 그 물건을 좋아하는 친구의 얼굴이 떠오른다.
고심해서 고른 선물을 툭 던지며 그럴듯한 말을 하고 싶
어진다.

"오다 주웠어."

스스로 죄를 사하리라

상대의 취향을 고려하지 않고 선물할 때도 있다. 어
제 같은 경우가 그렇다. 메시지 앱에 있는 친구 목록에
서 조그만 선물 상자가 있길래 눌러보니 그날이 그 친구
생일이었다. 메시지 앱과 연동된 모바일 쇼핑몰에서 커
피와 조각 케이크 쿠폰을 구매했다. 메시지 앱과 연동된
간편 결제로 다섯 자리 비밀번호만 입력하니 눈 깜짝할
새에 돈이 빠져나갔다. 가끔 보면 스마트폰 앱을 향해
지갑을 반쯤 벌리고 사는 것 같다.

앱으로 선물을 보낸 그 친구와는 대학생 때 친하게 지
냈다. 취업하고 난 뒤 바쁘다는 핑계로 서로 연락이 뜸
해졌다. 친구는 일 때문에 일본 출장 중이라고 했다.

"그래. 한국 돌아오면 한번 봐야지."

커피 고맙다는 친구의 인사 끝에 조만간 만나자는 거
짓말을 주고받았다. 선물은 때로 죄책감을 덜기 위한 도
구가 된다.

궁극의 취향

선물의 가치는 가격표에 적힌 게 전부는 아니다. 가격이 다라면 왜 굳이 선물을 하겠는가. 그냥 돈을 주고받으면 되지. 물론 선물보다 돈이 최고라고 말하는 사람이 있다. 과연 그럴까.

최근 한 친구의 결혼식이 있었다. 친구들끼리 선물에 대해 의견을 나누다 보니 누구는 베개를 선물하자는 둥 누구는 가전제품으로 하자는 둥 이런저런 의견이 많았다. 선물하려는 사람들 각자의 취향이 곱해지자 골치가 아팠다. 받는 사람의 취향만큼이나 주는 사람의 취향도 중요한 것이다. 결국 돈을 모아서 주기로 했다. 돈은 누구의 취향도 타지 않으니까.

기브 앤 테이크

여름휴가를 마치고 귀국하는 공항 출국장에서 기념품 상점 한쪽에 쌓여 있는 쿠키를 보고 걸음을 멈췄다. 파인애플 모양의 쇼트브레드 쿠키였다. 시식용 쿠키를 한 입 베어 물어보니 부드럽게 바스러지며 진한 버터 향이 풍겼다.

'이 정도면 적당하겠네.'

보통 선물 하나당 수취인 한 명이지만 종종 여러 명

을 위해 하나의 선물을 살 때도 있다. 쿠키는 회사 사람
들을 위한 휴가 선물이었다. 문제는 상사를 위한 선물을
따로 사느냐 마느냐였다. 위스키 매대를 지나며 잠시 고
민했지만 결국 상사를 위한 선물을 따로 사지는 않았다.
공적으로 갑의 위치에 있다고 해도 사적으로는 다른 회
사 사람들과 동등한 입장이니까. 선물은 순수하게 사적
이어야 한다고 믿기 때문이다.

김영란 세트

　2015년 김영란법이 제정된 이후 많은 한정식 집이 문
을 닫았다. 농축산업도 큰 타격을 입었다고 한다. 충격
이었다. 시장이 흔들릴 정도로 우리나라 경제의 일부분
이 뇌물에 의존하고 있었다니. 그런데 법은 바꿀 수 있
어도 사람들의 생각까지 바꾸긴 힘든가 보다. 얼마 지
나지 않아 법에 저촉되지 않을 정도의 선물이 '김영란
세트'라는 이름으로 내걸려 팔리는 웃지 못할 상황이
벌어졌다.

　선물과 뇌물의 경계는 표절과 오마주만큼이나 가장자
리가 흐릿하다. 양심의 문제라고 하기도 어려운 것이 뇌
물을 주는 사람조차 본인이 뇌물을 건네고 있다는 사실
을 인지하지 못하는 경우도 있기 때문이다. 주는 사람도

받는 사람도 선물이라고 생각하면 그만일까. 양심에 난
털은 다른 사람에게 보이지 않으니까 말이다.

왜
그
사
람
이

불
편
할
까

298

그나마 중·고등학생 때는 친구 사귀기가 쉬운 편이었다. 그때는 사회생활보다 단체생활이라는 말이 어울렸다. 다들 나이도 같고 사는 동네도 비슷했다. 저마다 관심사나 좋아하는 것이 달라도 운동장에서 함께 흙먼지를 마시거나 피시방에 몰려다니다 보면 금세 친해졌다. 중학생 또는 고등학생 신분이라는 커다란 구심점이 있었기 때문이다.

그러다 대학생이 되면서 사회생활에 조금 눈을 뜨게 된다. 대학생이라면 넘어야 할 산, 바로 조별 과제 때문이다. 조별 과제야말로 사회생활의 첫 단추일지 모른다. 중·고등학생 때만 해도 불편한 사람과는 돌아서면 그만이었다. 하지만 사회에서는 함께 일할 상대를 고를 수 없다. 예컨대, 학점을 위해서는 처음 보는 사람과도 협력해야 한다. 그런데 대학교에서 조별 과제를 해본 사람은 알겠지만 잉여 인력 없이 각자의 역할에 최선을 다하기란 쉽지 않다.

나는 왜 그 사람이 불편할까

대학교 3학년 여름방학 때의 일이다. 초등학생을 위한 여름 합숙 캠프에서 조교 아르바이트를 했다. 나를 포함해 열 명 남짓한 아르바이트생이 있었는데 그중 한 명이 아직도 기억에 남는다. 그는 강원도에 있는 어느 한의학과에 다니는 학생이었다. 그의 성적이면 서울 소재 다른 학과나 재수를 선택할 수 있었겠지만 아무 연고도 없는 강원도의 한의학과를 선택한 것이다. 삶을 편하게 사는 데 필요한 요령이 뛰어난 종류의 사람이었다.

아르바이트생들은 정해진 시간에 따라 교대로 초등학생을 통솔하기로 되어 있었다. 그런데 그 한의대생은 시간을 지키는 법이 없었다. 그 밖에도 자신이 맡은 일을 당당하고 자연스럽게 하지 않았다. 결국은 다른 사람들

이 그 한의대생 몫까지 해야 했다. 전형적인 '무임승차'
였다. 여름 캠프가 끝나고 회식 자리에서 그 한의대생이
거들먹거리는 표정으로 말했다.

"사람은 좀 이기적으로 살아야 돼."

생각이 불편하다

그 후로 몇 년 동안 가끔 그 말이 떠올랐다. 처음에는
그 자리에서 논리적으로 받아치지 못했다는 점이 분해
서였다. 그런데 시간이 지나자 그 사람의 말이 맞을 수
도 있다는 생각이 들었다. 적어도 그 사람에게는 말이
다. 개인 병원을 차려서 사회생활을 하지 않아도 되니까
한의대생으로서 충분히 누릴 수 있는 신념이다.

하지만 그의 생각은 이 사이에 낀 이물질처럼 여전
히 불편함을 유발한다. 불편한 생각이 불편한 행동으로
까지 이어질 때 과연 그것을 기꺼이 참아줄 필요가 있
을까? 자신의 몫을 빠릿빠릿하게 챙길 줄 아는 건 좀 더
편리한 삶을 살게 해줄 수 있을 것이다. 하지만 거기에
누군가의 희생이 따라야 한다면 정말로 괜찮은지는 의
문이다.

싸우자는 거 아닙니다

나 또한 타인에게 마냥 편한 사람은 아니다. 솔직히 말해 내 말투는 내가 보기에도 살갑지 않다. 변명하자면 다정한 말을 건네기에 쑥스러울 때가 많다. 그나마 다행인 점은 가까운 사람들은 대체로 나의 말투를 이해해준다는 것이다.

문제는 나를 잘 모르는 사람들, 그러니까 소위 사회생활에서 만난 사람들과의 대화였다. 생각이 다르다는 점을 확실하게 표현하는 편인데 건조한 말투 때문인지 이를 감정적으로 받아들이는 사람도 있었다. 사회 초년생일 때는 나의 말투나 행동으로 인해 의도하지 않게 상대가 불편함을 느끼는 상황이 적잖이 당황스러웠다.

사적인 나의 공적인 사회생활

회사는 공적인 공간이다. 하지만 그 속에서 일하는 '나'는 사적인 존재다. 이렇게 공과 사는 연리지처럼 얽혀 있다. 사적인 관계가 공적인 결론에 영향을 미치고, 공적인 결론을 전달하는 사적인 말투가 개인의 감정에 영향을 미친다. 그래서 때로는 클라이언트의 문제를 해결하기 위해 모인 지극히 공적인 자리에서 누군가의 한마디에 마음의 상처를 입기도 한다.

나도 인간이기에 상대의 말투에 감정이 상할 때가 있다. 반대로 상대의 감정을 상하게 한 적도 많으리라. 생각을 전하는 사적인 말투 또한 그 속에 담긴 공적인 내용만큼 신경 써야 한다. 말투가 조금 더 살가워질 필요가 있다는 뜻이다. 직장 동료와는 같은 공간에서 긴 시간 동안 함께하는 관계에 놓여져 있고, 이런 관계일수록 내가 하는 말이 곧 나 자신임을 잊어서는 안 된다.

왜
카
피
를

쓸
까

303

초등학생 때 광고에서 본 카피 한 줄이 인생을 바꿨다고
하면 지나친 말일까.

"모두가 Yes할 때 No라고 할 수 있는 친구,
모두가 No할 때 Yes라고 할 수 있는 친구."

딱히 멋있지도 않은 문장이다. 지금은 없어진 한 증권
회사의 광고였는데 거의 20년이 된 이 카피를 기억하는
사람이 있을지 모르겠다.

TV에서 우연히 그 카피를 본 순간 머리에 찬물을 끼
얹은 것처럼 뒤통수가 저릿했다. 그때는 증권이 무슨 말

인지도, 그 회사가 왜 그런 광고를 하는지도 이해하지 못했다. 카피에 충격을 받았던 이유는 내 콤플렉스 때문이었다. 당시에는 학교 앞 문방구에서 물건 하나 사는 것도 힘들어할 정도로 소심한 성격이었다. 다른 사람에게 내 의견을 소신 있게 말하는 것에 대한 두려움이 있었다. 그 후로 한동안 하기 힘든 말을 하기 전에 그 카피를 주문처럼 되뇌고는 했다.

나 같은 사람

증권이라는 말을 이해할 무렵 카피라이터라는 직업이 있다는 것을 알게 됐다. 그때는 작가나 시인 같은 모습을 막연하게 상상해봤다. 카피라이터를 업으로 삼게 된 이후에야 카피라이터는 야근직 노동자라는 사실을 몸소 배울 수 있었다. 당시에는 멋진 문장만 카피라고 생각했고, '창고 정리 세일' 같은 문구도 카피라는 생각은 하지 못했다.

시를 좋아하는 모든 이가 시인을 꿈꾸지 않듯 카피를 좋아한다고 해서 카피라이터가 되고 싶었던 것은 아니다. 오히려 나 같은 사람은 할 수 없는 일이라고 생각했다. 백일장에서 상을 받은 경험도 없고 논술도 잘하는 편이 아니었다. 그렇다고 책을 많이 읽는 편도 아니었다. 그러던 내가 어쩌다 보니 카피라이터가 됐다. 이제는 나 같은 사람이 할 수 있는 일이 아니라는 생각은 버렸다. 그저 잘하고 싶다는 생각만 남았다.

친구 따라 광고판 간다

카피라이터가 된 이유는 고등학교 때부터 친했던 단짝 친구 덕분이었다. 그는 다른 이에게 강한 인상을 남기는 사람이었다. 좋은 쪽으로 말이다. 천진하면서도 남다른 생각과 행동으로 사람을 끄는 매력이 있는 친구였다. 굳이 '남다르다'고 말한 데는 100kg에 가까운 거구에 노란 옷을 즐겨 입고 수세미처럼 볶은 머리를 고무줄로 묶고 다니는 외적인 부분도 크다.

고등학교 3학년 때 같은 반이었던 친구는 졸업을 앞두고 광고 홍보학과로 진학할 예정이라고 말했다. 여러 가지 이유를 말했지만 결론은 재밌을 것 같아서였다. 그러던 어느 날 친구는 광고 공모전을 함께 준비하자고 내게 제안했다. 지리멸렬한 청춘 이야기를 빼고 결론을 말하자면 결국 친구와 나는 카피라이터가 됐다. 그런데 우습게도 그는 1년도 안 되어 일을 그만뒀다. 이유는 재미없어서였다.

하고 싶은 말과 듣고 싶은 말

카피라이터 일을 하다 보면 카피라이터가 어떤 직업이냐는 말을 종종 듣는다. 광고에 관심이 없는 사람이라면 당연히 할 수 있는 질문이다. 나도 회계사와 세무사의 차이를 잘 모른다.

카피를 조금 아는 사람이라면 흔히 촌철살인의 한마디를 떠올린다. 보통은 그런 종류의 카피가 인상 깊어서인 것 같다. 개인적으로는 말하고자 하는 바가 명확하면서도 그것을 매력 있게 잘 표현한 카피를 좋아한다.

가끔은 카피라이터가 번역가 같다는 생각도 든다. 말하고 싶은 의지가 너무 강한 나머지 듣는 사람을 신경쓰지 못할 때가 있다. 예를 들어, 월요일 아침부터 잔소리를 늘어놓는 교장 선생님의 훈화를 생각해보라. 이는 대중을 상대로 하는 혼잣말이 되기 쉽다. 듣는 사람이 귀 기울이도록 하기 위해서는 말을 줄여야 할 때가 있고, 따뜻한 위로를 해야 할 때가 있고, 일단 웃겨야 할 때도 있다. 카피라이터는 하고 싶은 말을 듣고 싶은 말로 번역하는 사람이나 마찬가지다.

가장 깊숙이 울리는 말

어느 돈 많은 사람이 광고는 돈 없는 자의 세금이라

고 했다. 콘텐츠를 볼 때 돈을 내지 않으면 울며 겨자 먹기로 광고를 봐야 하기 때문에 한 말이리라. 그래서인지 유튜브 프리미엄 서비스는 광고가 없다는 사실을 크게 내세운다. 어쩌면 광고를 주의 깊게 '보는' 사람은 광고 업계 종사자뿐일 수도 있다. 심지어 업계 종사자인 나도 유튜브 광고를 가차 없이 넘길 때가 많으니까.

분명 광고를 하다 보면 성취보다 회의를 느낄 때가 많다. 싱거운 말장난이 대세인 요즘에도 나는 여전히 카피라이터가 세상에 필요한 일이라 믿는다. 모두가 아니라고 할 때 Yes라고 외치고 싶다. 그리고 언젠가 단 한 사람의 마음이라도 끝까지 닿아볼 수 있기를 꿈꿔본다. 어느 증권 광고 카피 한 줄이 증권의 의미도 모르는 한 아이에게 힘이 된 것처럼.

왜 늦지 않았을까

"친구야, 술도 안 마시고 털어놓는 너의 고민을 듣다 보니 어느새 컵 속의 얼음이 다 녹았더라."

커피 향 나는 맹물을 마지막 한 방울까지 입속에 털어넣었다. 친구의 그늘을 덜어줄 수 있는 말 한마디 못하는 내가 한심해 목이 탔다.

친구는 내가 책을 내게 된 것에 대해 꿈을 이룬 것이라며 과분한 축하를 해줬다. 하지만 꿈이라니 당치도 않은 소리다. 나는 꿈을 논할 자격이 없다. 그저 글을 써보고 싶었고 그래서 썼을 뿐이다. 내가 이런 말을 하게 될

줄 몰랐지만 정말 운이 좋았다. 덜컥 출판 계약을 하게
된 것이다. 그 후로 월급의 반도 안 되는 계약금을 받고
종일 컴퓨터 앞에 앉아 글을 쓰느라 허리가 나갈 지경
이 됐다. 글을 쓰면서도 이런 글을 누가 읽을까 늘 고민
했다.

너무 늦은 건 아닐까

늦은 나이에 자신이 평생 해온 일과 전혀 다른 분야에
뛰어드는 사람의 이야기를 종종 듣는다. 알다시피 '늦
다'는 상대적인 개념이다. 이제 겨우 30대인 우리가 '늦
음'을 논하는 것은 가소로운 일일지도 모르겠다.

브라질 교민인 76세의 이찬재 할아버지는 2년 전부
터 손주들을 위한 그림 편지를 인스타그램에 올리기 시
작했는데, 지금은 팔로워 수가 전 세계적으로 38만 명에
달한다고 한다. 올여름에는 서울에서 전시회가 열리기
도 했다. 늦었다고 말하기에는 아직 우리가 살아온 시간
만큼의 시간이 더 남아 있을 가능성이 많다.

성공에 대한 기대감

이찬재 할아버지를 비롯해 '늦깎이'들의 성공 사례를
기사에서 가끔 접한다. 그 말인즉슨 늦깎이 대부분이 실

패한다는 뜻일 수도 있다. 성공하는 사람이 드물기에 기사에 실릴 이야깃거리가 되는 것이겠지. 물론 실패 또한 상대적인 개념일 테지만.

실패란 바라던 것과 이룬 것의 차이일 테니 실패가 무서우면 나처럼 목표를 작게 잡는 방법도 있다. 어렸을 때는 실패보다 후회가 무섭다고 생각했다. 하지만 지금은 실패가 지독히도 무섭다. '성공한 사람도 있으니 너 또한 성공할 수 있다'는 식의 자기 계발서 같은 말은 하고 싶지 않다. 우리가 어떤 일을 도전함에 있어서 실패할 확률은 적지 않기 때문이다.

타인의 시선

앞서 말한 이찬재 할아버지는 서울대를 나와서 고등학교 교사를 했다고 한다. 그러다가 연고도 없는 브라질에서 옷 장사를 하게 됐다. 빌딩을 세운 것도 아니고 브랜드를 만든 것도 아니다. 그저 30년 동안 옷 가게를 운영했다. 그리고 화가로 데뷔하기까지 70년이 걸렸다.

사람에 따라서는 이를 실패라고 여기는 부류도 많을 것이다. 미대 입시를 준비하는 사람에게 70대에 등단하라고 말하면 아마 물벼락을 맞지 않을까. 단순히 원하는 바를 오래 묵혔다 인생 황혼기에 풀어내라는 말이 아니다. 하고 싶은 일을 하기로 마음먹은 이상 고민을 조금 내려놓고 여유를 가지라는 말을 해주고 싶다. 어차피 더 행복해지기 위해 내린 결정이지 않았나. 영업 사원이 실적 고민하듯 조급해하지 말자는 뜻이다.

바보짓이라 할지라도

여태껏 쌓아온 경력을 버리는 일은 바보짓이 아니냐고 반문할 수 있다. 그런데 우리는 세상 물정 모르던 20대에 선택한 직업으로 인생이 끝났다고 믿을 만큼 벌써 바보였다. 한시라도 빨리 정신을 차리고 시야를 넓힐 줄 아는 마인드를 가지는 게 오히려 다행 아닐는지.

311

성공이든 실패든 후회 없이 할 수 있으리라 믿는 마음을 가지자. 이르고 늦음은 중요하지 않다. 잊지 말자. 행동하는 것만이 세상에 뭔가를 태어나게 한다는 것을.

왜 사교는 피곤할까

312

어제는 첫 번째 오후반 수업이었다. 사무실을 광화문으로 옮기자 오전 수영이 힘들어졌다. 더 일찍 일어나긴 힘들 것 같아 오후반으로 변경했다. 조용히 각자 수영만 하던 오전반과 달리 오후반은 끼리끼리 친한 것 같았다.

그중에서 스마트 워치를 찬 젊은 사람이 눈에 띄었다. 스마트 워치를 차고 접영을 하던 사람에게 부딪혀 입술이 찢어졌던 친구가 떠올라 행여나 맞지 않게 조심해야겠다는 생각이 들었다. 사람과 부딪히는 것만큼 피곤한 일도 없으니까.

호불호 갈리는 농담

자유형으로 두 바퀴쯤 돌았을 때였다. 강사가 이제 접영을 해보라고 했다. 그런데 스마트 워치를 찬 그 사람이 자유형 다섯 바퀴를 다 돌았냐며 '마저 돌고 오세요'라고 내게 말했다. 내가 당황한 표정을 짓자 강사는 그럴 필요 없다고 했다. 그 사람은 나를 보며 싱긋 웃었다. 아마 호불호가 갈리는 종류의 농담이었나 보다.

알고 보니 사교성이 좋은 사람이었다. 나이가 한참 많아 보이는 사람에게도 친구를 대하듯 격의 없었다. 수영 좀 빨리하라고 재촉하는 그의 모습이 무척 천진해 보였다. 그는 배시시 웃으며 손깍지를 만들어 앞사람의 등에 물을 쐈다. 그때 결심했다. 아무래도 조금 무리가 되더라도 다시 오전반을 다녀야겠다고.

홍매화 같은 열정

의외로 취미보다 사교가 주인 모임이 많다. 예컨대, 등산 모임을 가장한 막걸리 동호회처럼 말이다. 올해 4월 창덕궁 후원을 구경하러 갔을 때가 생각난다. 꽃샘추위 때문에 홍매화는 놓쳤지만 형형색색의 사람들을 구경하는 재미가 있었다.

열 명 남짓한 사람이 함께 온 무리가 있었다. 손에 카메라를 들고 있었기에 사진 동호회라는 것을 알 수 있었다. 그런데 사진에 대한 열정은 마치 홍매화처럼 찾아보기 힘들었다. 다들 카메라 셔터를 누르기보다 삼삼오오 모여 잡담을 나누기에 여념이 없었다.

줄 없는 줄넘기

'사교'라는 것을 도무지 이해할 수 없다. 끈끈한 우정을 쌓으려는 것도 아니고, 그렇다고 소득이 걸린 갑을 관계도 아니다. 마치 줄 없이 줄넘기하는 것 같다. 이 사교라는 것 자체에 어떤 순수한 즐거움이 있기라도 한 것일까.

나에게 사교는 일이다. 사람마다 좋은 날이 있고 나쁜 날이 있는데, 감정이 예민한 날에 다른 사람의 마음이 상하지 않도록 신경 써야 하는 일이 피곤하다. 기분에 따라 언행이 까칠해지기는 다른 이도 마찬가지다. 상대가 무심코 뱉은 말에 내가 상처받지 않도록 신경 써야하는 것 또한 피곤한 일이다. 물론 이게 다 내가 소심한 탓이리라.

아늑했던 서먹함

자연스럽게 타인의 마음을 열 수 있는 사람이 있다.

《이솝 우화》'해와 바람'에서 나그네의 겉옷을 벗기던 따뜻한 햇볕처럼 말이다. 한때 이처럼 사교성 좋은 사람을 부러워하기도 했다. 나한테 없는 재능이라 생각했기 때문이다.

몇 년간의 사회생활 덕분에 공적인 관계에 필요한 사교술은 어설프게나마 익혔다. 함께 회의하거나 일할 때 불편하지 않은 사람이 되기 위해 노력한다. 하지만 기술을 익혔다고 본성이 바뀌지는 않으니 타인이 버거운 것은 여전하다. 반년 동안 함께 수영을 배웠음에도 서로 이름조차 모르던 수영 오전반 사람들이 그리운 까닭이 아마도 여기에 있지 않을까.

316